EUPHÉMIE,

OU

LE TRIOMPHE DE LA RELIGION.

DRAME.

Restout filius inv. Aug. de St Aubin Sculp.

. . . . Je n'ai plus qu'à mourir.

Act. dernier Sc. derniere

EUPHÉMIE,

OU

LE TRIOMPHE DE LA RELIGION,

DRAME.

PAR M. D'ARNAUD.

Sonitus terroris ſemper in auribus.
Job. ch. xv.

A PARIS,
Chez LE JAY, Libraire, Quai de Gêvres,
au Grand Corneille.

M. DCC. LXVIII.
Avec Approbation & Permiſſion.

PRÉFACE.

UN de nos auteurs de théâtre, dont les succès sont tombés dans l'oubli, de même qu'on pourra oublier ceux de quelques-uns de nos contemporains qui comptent avec assurance leurs titres d'immortalité par le nombre de représentations qu'ils ont eu, Tristan l'Hermite fit succèder Panthée à Mariamne,

---

Tristan l'Hermite, c'est ce versificateur ignoré aujourd'hui, qui ayant toute la bassesse attachée à la médiocrité du talent & au triste métier de *faiseur de vers* se composa lui-même cette épitaphe avilissante.

Ebloui de l'éclat de la splendeur mondaine
Je me flattai toujours d'une espérance vaine,
Faisant le chien couchant auprès d'un grand Seigneur;
Je me vis toujours pauvre, & tâchai de paraitre;
Je vécus dans la peine, attendant le bonheur,
Et mourus sur un coffre, en attendant mon maître.

Digne fin d'un *Valet Poéte*; sa Mariamne eut des applaudissements; elle coûta la vie à un malheureux comédien nommé Mondory; au milieu des extravagances & des absurdités dont ce drame fourmille, on lui trouve le mérite de l'action; Panthée

en disant qu'*il donnoit une sœur* à cette derniere tragédie. Me seroit-il permis d'employer ces vieilles expressions métaphoriques, lorsque je fais paraître EUPHÉMIE après COMMINGE ? Je ne déciderai point comme Tristan que l'*aînée a plus de beauté que la cadette* : c'est aux connaisseurs à me juger, & à prononcer si ma nouvelle production doit être mise à côté ou au-dessus d'un Essai, que l'indulgence du public & la singularité du genre semblent avoir tiré de la foule des ouvrages dramatiques. Que l'on regarde EUPHÉMIE comme une suite du sombre tableau que j'ai exposé dans COMMINGE, & alors on sera moins blessé de l'air de ressemblance qui se trouve entre ces deux piéces. Mon dessein a été de présenter un cœur déchiré par les mêmes combats, agité des mêmes orages ; je dirai plus, bien loin de chercher à me défendre sur l'esprit d'imitation qu'on ne man-

Ressemblance entre Comminge & Euphémie.

n'eut pas la réussite de Mariamne. On croiroit que M. de Voltaire a eu ce Tristan en vue dans ces vers que tous les jeunes gens devroient apprendre par cœur pour se guérir de la métromanie, cette maladie si contagieuse,

> Cy gît aux bords de l'hyppocrène
> Un mortel longtems abusé ;
> Pour vivre pauvre & méprisé
> Il se donna bien de la peine.

quera point de me reprocher, j'avertis mes censeurs que je ne me bornerai pas à ces deux Drames pour prouver par le choix des sujets, si le mérite de l'exécution m'est refusé, jusqu'à quel point la religion aux prises avec l'amour est susceptible de produire un spectacle vraiment pathétique. C'est du jeu de ces deux ressorts si puissants sur la nature humaine, que peuvent jaillir & éclatter ces grandes passions dont la fougue est nécessaire à l'action théâtrale. Voilà pour quelle raison Zaïre sera toujours revue avec transport. Quel homme n'est pas frappé de la majesté de la religion, de la grandeur des devoirs qu'elle nous impose, & en même-tems n'a point senti son ame s'ouvrir aux émotions d'un penchant impérieux qui souvent a le caractere de la faiblesse, & même celui du crime? Ce penchant prend-t-il la violence de la passion, la vertu s'efforce-t-elle de le repousser, en est-elle victorieuse : cette image excitera la pitié, sera aussi *tragique* que celle que nous offre Sénéque dans le courage d'un héros luttant contre l'adversité (*vir fortis cum malâ fortunâ compositus.*) Et n'est-ce pas le comble de l'infortune que cette sensibilité si avouée par la nature, &

L'auteur annonce de nouveaux Drames dans ce genre.

Les combats de la religion & de l'amour, un des plus grands ressorts dramatiques.

que la religion nous ordonne avec tant de ſévérité d'étouffer, quand elle ne l'a point revêtue de la ſainteté de ſes engagements ? On aime à voir ſur la ſcène un perſonnage entraîné à commettre des fautes malgré lui : c'eſt une obſervation qu'Ariſtote a puiſée dans la vérité du ſentiment ; aſſurément l'amour eſt le premier des tyrans qui déchirent le cœur humain ; que le triomphe eſt éclattant, lorſqu'après bien des efforts, des aſſauts répétés, on vient à bout de le ſoumettre ! Si Polyeucte eut un peu plus conſervé le caractère annoncé dans ces vers : *Acte I. S. I. Poly. à Néarq.*

Le caractère de Polyeucte eût pû être plus agité.

Mais vous ne ſçavez pas ce que c'eſt qu'une femme ;
Vous ignorez quels droits elle a ſur toute l'ame,
Quand après un long-tems qu'elle a ſçu nous charmer,
Les flambeaux de l'hymen viennent de s'allumer.
. . . .
Elle oppoſe ſes pleurs au deſſein que je fais,
Et tâche à m'empêcher de ſortir du palais ;
Je mépriſe ſa crainte, & je cède à ſes larmes ;
Elle me fait pitié ſans me donner d'allarmes,
Et mon cœur attendri ſans être intimidé
N'oſe déplaire aux yeux dont il eſt poſſédé.
L'occaſion, Néarque, eſt-elle ſi preſſante
Qu'il faille être inſenſible aux ſoupirs d'une amante ?

. . . .

Pour se donner à lui (*à Dieu*) faut-il n'aimer personne ?

. . . .

Sur mes pareils, Néarque, un bel œil est bien fort;
Tel craint de le fâcher, qui ne craint pas la mort.

. . . .

Mais Pauline s'afflige & ne peut consentir,
Tant ce songe la trouble, à me laisser sortir.

Scène II: Poly. à part.

Adieu : vos pleurs sur moi prennent trop de puissance;
Je sens déjà mon cœur prêt à se révolter,
Et ce n'est qu'en fuyant que j'y puis résister.

Si dans ce drame, l'homme eut plus disputé contre le chrétien, lorsqu'il s'agit de faire couler les larmes d'une épouse adorée, & de la perdre pour jamais, l'emportement religieux du héros, sa victoire sur la nature se fussent montrés encore avec plus d'avantage, & Corneille en jettant plus *d'ondulations* dans ce personnage, si parfait à tant d'égards, n'auroit pas eu besoin du rôle accessoire de Sévére, qui peut-

Du rôle accessoire de Sévére. Oserois-je hazarder une réflexion critique sur Polyeucte ? On doit se reprocher d'aimer tant Sévére; cet amant de Pauline est si tendre, si généreux ! Ce personnage, selon moi, fait un peu tort à celui du mari auquel l'intérêt devroit plus se rapporter.

être donne plus que Polyeucte de l'ameà la pièce, & devient la source principale de l'intérêt. Ce pouvoir surnaturel de la religion qui nous subjugue, & nous arrache à nous-mêmes : tel est le grand tableau que j'avois à représenter dans COMMINGE, & dans EUPHÉMIE. Il ne faut accuser que la médiocrité & l'insuffisance de mes talents, s'il n'a pas produit plus d'effet ; j'ose dire que l'idée en est heureuse, & que mis en œuvre par le génie, il l'emporteroit sur les autres actions dramatiques. C'est en quelque sorte, une nouvelle nature qu'auroit à nous exposer un poëte sublime ; & quelle richesse, quelle vigueur de caractères s'offriroient à son pinceau ! Les passions concentrées dans le silence & l'obscurité de la retraite ont une véhémence, une force, auxquelles sont incapables d'atteindre la langueur & la délicatesse d'un monde dissipé ; un cœur isolé, forcé de se replier sur lui-même, de se parler, de se répondre, de se nourrir, si l'on peut s'exprimer ainsi, de sa propre substance, en acquiert plus de ressort & d'énergie dans ses mouvements. Il n'est point de faibles oscillations pour une ame solitaire : tout y porte de violentes secousses ; elle s'attache avec vivacité aux moindres objets qui l'intéressent,

La solitude enflamme les passions, & leur donne plus de caractère.

& elle les embraſſe avec fureur ; on peut comparer des ames de cette eſpéce à ces volcans dont l'exploſion eſt d'autant plus terrible, que la flamme a été plus comprimée, & que tout lui a ſervi d'aliment. L'imagination dans une perſonne ſéparée de la ſociété eſt prompte à s'allumer, parce qu'elle eſt plus recueillie, & moins diviſée. Voilà pourquoi, en ſuppoſant deux hommes qui auroient reçu du ciel une égale portion de talent, celui qui auroit le courage de vivre ſeul, de s'enfoncer dans ſes penſées, ce que les Italiens appellent *il gran' penſiero*, s'éleveroit néceſſairement à un degré ſupérieur de génie. Homere, Démoſthènes alloient compoſer leurs ouvrages immortels aux bords de la mer, & c'eſt dans l'horreur des cimétieres qu'Young a médité ſes *Nuits*, le chef-d'œuvre du *genre ſombre*.

J'ai renvoyé à la fin de ma Pièce les Remarques qui y ſont relatives ainſi que les *Mémoires* d'où j'ai emprunté ma *Fable*. Voulant conſerver à l'intérêt théâtral tout ſon effet, partie de notre littérature

Pourquoi les remarques ſur la Pièce & les *Mémoires d'Euphémie* ne ſont pas à la tête de l'ouvrage.

Qu'Young. Les gens de lettres, les partiſans du ſublime apprendront, ſans doute avec plaiſir, qu'on nous prépare une traduction des *Nuits* du Docteur Young; cette traduction eſt d'un homme de ſçavoir & de goût, qui ſeroit plus connu, s'il étoit moins modeſte.

trop peu approfondie, je me ſuis apperçu que le lecteur prévenu ſur la marche & l'économie d'un drame, ſur les diverſes impreſſions qui en devoient réſulter, n'apportoit plus qu'une froide curioſité à la connaiſſance de l'intrigue. L'eſprit n'étant plus exercé par le piquant de la nouveauté, le cœur ne tarde pas à tomber dans le dégoût & dans le relâchement. Ces prologues inventés par les Grecs, adoptés par les Romains, & imités de nos jours par les Anglais, en uſage même chez les Chinois, devoient nuire à la chaleur de l'action; quelqu'un qui n'auroit jamais entendu parler d'Iphigénie, auroit certainement lieu d'être fâché qu'on l'inſtruiſit des faits avant que d'avoir lu l'admirable tragédie de Racine, ou de l'avoir vû repréſenter. Ce ſeroit d'ailleurs au goût à indiquer les occaſions, où les éclairciſſements doivent précéder une production dont le but eſt de plaire & d'émouvoir; ces eſpeces de ſommaires, en nous préparant aux impreſſions touchantes que nous allons reſſentir, nous familiariſent d'avance avec la pièce, & le charme de l'intérêt s'évanouit. On m'objectera qu'il y a de la ſatisfaction à juger du parti que l'auteur a tiré de ſon ſujet : je ne ſuis point ennemi des plaiſirs

Défaut des ſommaires. On ne doit pas être inſtruit du ſujet d'une pièce.

plaiſirs de l'eſprit, mais ſes amuſements qu'il lui plaît d'appeller des connaiſſances, ſont bien au-deſſous des voluptés de l'ame. On éprouve des tranſports délicieux à la repréſentation de Phédre, de Zaïre, de Mérope, &c. qu'on eſt malheureux de pouvoir *raiſonner* ſur des drames ſi intéreſſants !

L'auteur rappelle l'emploi des points, tel qu'il l'a propoſé dans le ſecond Diſcours à la tête de Comminge.

On voudra bien ſe reſſouvenir de l'emploi des points, tel que je l'ai propoſé dans mon ſecond DISCOURS à la tête de COMMINGE. Les deux points.. indiquent une ſuſpenſion ; les trois... en forment une beaucoup plus marquée ; ces ſilences employés à propos ſont l'accent, pour ainſi dire, du ſentiment. Ils donnent plus d'intelligence, de variété, & de vie au débit, & font ſortir davantage ces beautés ſimples qui animent le langage de la paſſion. Quelques gens du monde, de ces *agréables cauſeurs*, qui ſe gardent bien de refléchir, ont cru m'oppoſer des raiſons, en ſe récriant *qu'on ſçavoit lire :* c'eſt juſtement ce qu'on ſçait très-peu. Ces mêmes perſonnes auroient été fort embaraſſées, ſi pour toute réponſe je les euſſe priées de lire à haute voix, ſur-tout une tragédie ; j'ai vu même des littérateurs que ma propoſition auroit déconcertés. Encore une fois, j'ai prétendu noter le jeu théâtral, & je le répéterai, ſi nos maîtres n'avoient pas dédaigné d'apporter quelque attention à cette bagatelle, leurs chefs-d'œuvres ne feroient point si *dénaturés*, soit à la répréſentation, soit à la lecture, & les partiſans de la ſcène françaiſe ſe plaindroient moins de ce qu'on *perd de vue la tradition*.

AVIS
DU LIBRAIRE.

DES circonſtances, dont il importe peu au Public d'être inſtruit, ont empêché que les LETTRES de l'Auteur ſur EUPHÉMIE & les MÉMOIRES de cette RELIGIEUSE écrits par elle-même, ne paruſſent avec la Pièce. Cette ſuite ſi néceſſaire, & que l'on dit être très-intéreſſante, ſera donnée dans la Quinzaine de Pâques prochain. Les perſonnes qui auront fait l'acquiſition D'EUPHÉMIE, n'auront d'autre peine que d'ajouter au DRAME ces LETTRES & ces MÉMOIRES, ce qui formera un volume dans le goût de celui du COMTE DE COMMINGE.

EUPHÉMIE;

OU

LE TRIOMPHE DE LA RELIGION.

DRAME.

PERSONNAGES.

EUPHÉMIE, *Religieuse.*

THÉOTIME, *Religieux.*

LA COMTESSE D'ORCÉ.

MÉLANIE, *Religieuse.*

CÉCILE, *Religieuse.*

UNE SŒUR CONVERSE.

*La Scène est dans le Couvent de ****

EUPHÉMIE, OU LE TRIOMPHE DE LA RELIGION.

DRAME.

ACTE PREMIER.

Le rideau se leve. La scène représente une cellule de la plus grande simplicité. A gauche, à peu de distance du mur, est un cercueil, aux pieds duquel se voit une lampe allumée. Du même côté, plus sur le devant de la scène, est un Prie-Dieu surmonté d'un crucifix que soutient une tête de mort; sur le Prie-Dieu, sont des livres de dévotion. On observera que quelques chaises de paille cachent un peu le cercueil aux personnes qui entrent dans la cellule. Le jour commence à paraître.

SCENE PREMIERE.

EUPHÉMIE *seule, appuyant une main sur son cercueil, dans l'attitude d'une personne qui se leve.*

QUOI! dans ce lit funèbre, arrosé de mes larmes,
Où veillent avec moi d'éternelles allarmes,

Quoi! dans ce lit funèbre. On se souviendra qu'il y a des Religieuses dont l'usage est de coucher dans leur cercueil.

Où ſans ceſſe ma fin à mes yeux vient s'offrir ;
Où mon cœur, chaque jour, doit apprendre à mourir ;
Dans ce même cercueil, qui contiendra ma cendre,
J'oſe encor m'occuper d'un ſouvenir trop tendre,
Que dis-je ? d'un amour réprouvé par le ciel !

Elle quitte le cercueil, & va ſe jetter avec précipitation aux pieds du Prie-Dieu.

Ne ſçaurois-tu dompter ce penchant criminel,
O mon Dieu ? Ton épouſe à tes pieds gémiſſante
Implore ton ſecours, ta grace, ſi puiſſante ;
A ton ordre, les vents s'irritent, ſont ſoumis ;
Tu ſouleves les mers, & tu les applanis ;
Ton ſouffle allume, éteint la flamme du tonnerre ;
Tu changes, quand tu veux, la face de la terre ;
Et tu ne peux changer, & rappeller à toi
Une ame qui t'échappe, & qui trahit ſa foi !
Tu ne peux appaiſer ces troubles, cet orage
Qui trompent ma faibleſſe, & laſſent mon courage !
Détruis des ſentiments ſi coupables, ſi chers ;
Briſe un cœur révolté, qui traîne d'autres fers
Que ceux, dont pour jamais tes mains m'ont enchaînée..
Qu'eſt-ce que la vertu du ciel abandonnée ?
La mienne en vain réclame un impuiſſant devoir.
Dieu, pour vaincre Euphémie, il faut.. tout ton pouvoir.

Elle se prosterne plus profondément, & en pleurant amèrement.

Mes prières, mes pleurs devant toi se répandent ;
Que dans mon sein la paix, le pur amour descendent !
Fais cesser mes combats, mes infidélités ;
Triomphe, règne seul sur mes sens agités.

Elle embrasse de ses deux mains la tête de mort.

Et toi ; qu'avec horreur tout mortel envisage ;
Ton silence m'instruit.. oui, je vois mon image !
Voilà, voilà les traits, par qui je veux charmer !
C'est moi, que je contemple, ô ciel !. & j'ose aimer !.

Elle est penchée vers la terre, dans l'attitude de la profonde douleur.

J'expire !

SCÈNE II.

EUPHÉMIE, MÉLANIE.

EUPHÉMIE, *se relevant avec précipitation, & allant vers Mélanie.*

EH bien, ma sœur ! ce pieux solitaire,
Par qui la vérité nous parle & nous éclaire,
Viendra-t-il ranimer ma mourante vertu,
Assujettir un cœur trop long-temps combattu ;

Soumettre à mes devoirs ma faiblesse indocile?

MÉLANIE.

Vous le verrez bientôt sur les pas de Cécile;
C'est sa voix qui l'appelle en ce séjour sacré.
Mais, à quel trouble affreux votre esprit est livré!
Pouvez-vous sous le voile, ô ma chere Euphémie,
Nourrir sans espérance une flamme ennemie,
Le poison dévorant d'un amour insensé?
Malgré votre raison, & le ciel offensé,
D'un objet, qui n'est plus, vous chérissez l'image!
La mort..

EUPHÉMIE, *avec vivacité.*

La mort n'a pu lui ravir mon hommage:
Il vit, il vit toujours dans ce cœur déchiré,
Et souvent à Dieu même il s'y voit préféré.
Je ne veux point cacher tout l'excès de mon crime:
Plus que jamais, l'amour s'attache à sa victime;
Il s'arme contre moi des ombres de la nuit;
Jusques dans ce cercueil sa fureur me poursuit;
J'y voulois déposer le poids de mes allarmes;
Mon œil appésanti se fermoit dans les larmes;
Mon ame, qui cédoit aux horreurs de son sort,
S'essayoit à dormir du sommeil de la mort:
Quel songe! quel spectacle a frappé ma paupiere!
Un lugubre flambeau me prêtoit sa lumiere;

J'égarois mes ennuis, mes tourments, mes remords,
A travers les tombeaux, les ſpectres, & les morts:
Un éclair brille & meurt dans ces vaſtes ténèbres;
Un cri m'eſt apporté par des échos funèbres.
La terre gronde, & laiſſe échapper de ſes flancs
Un fantôme, entouré de ſombres vêtemens;
Un glaive étinceloit dans ſa main menaçante;
Il s'avance à grands pas, me glace d'épouvante,
S'approche, offre à mes yeux.. je reconnais Sinval,
Sinval, de l'Éternel audacieux rival,
Sinval, que je devrois repouſſer de mon ame,
Qui toujours y revient avec des traits de flamme..
» Viens, ſuis-moi, m'a-t-il dit, ſuis ton premier époux;
» Ceſſe de m'oppoſer l'autel d'un Dieu jaloux.
» L'autel, pour m'arrêter, n'a point de privilége. »
Soudain ſous les efforts de ſon bras ſacrilége,
Mon voile ſe déchire.. inſenſible à mes cris,
Parmi le ſang, la mort, & ſes affreux débris,
De cercueils en cercueils, ſur les bords d'une tombe,
Il me traîne expirante; il m'y jette.. je tombe;
Sinval plonge le fer dans mon ſein malheureux,
Et la foudre en éclats nous a frappés tous deux.

MÉLANIE.

Dans ces jeux du ſommeil, je ne vois qu'un vain ſonge,
Dont la nuit avec elle emporte le menſonge.

Vous-même préparez le poison séducteur;
Vous aiguisez le trait qui vous perce le cœur.
Ah! ce n'est point ainsi qu'on obtient la victoire:
D'un objet dangereux rejettez la mémoire..

EUPHÉMIE.

Eh! le puis-je, ma sœur? vous ne connaissez pas
Le feu des passions, leurs horribles combats,
Le charme de l'amour, son pouvoir invincible...!

MÉLANIE.

Ma sœur, vous avez cru Mélanie insensible:
Non, je ne le suis point. Mais, j'ai tourné mes vœux
Vers un objet, qui seul doit allumer nos feux.
 Ma sœur, vous méritez toute ma confiance:
Du ciel en ma faveur admirez la puissance;
L'exemple quelquefois suffit pour éclairer;
Mon ame à vos regards brûle de se montrer.
 Dans mon premier soupir j'exhalai la tendresse;
D'un sentiment si cher je nourrissois l'ivresse;
Tout ce qui m'entouroit, intéressoit mon cœur,
M'attachoit par un nœud toujours plus enchanteur;
Je touchois à cet âge, où l'ame inquiétée
S'étonne des transports dont elle est agitée;
L'amour déterminoit son ascendant sur moi;
Il m'alloit captiver. Mes yeux s'ouvrent; je voi

Mes

Mes deux sœurs, que devoit flatter l'erreur du monde,
Dans les sombres ennuis, dans la douleur profonde,
L'une pleurant sans cesse un époux adoré,
Aux premiers jours d'hymen dans ses bras expiré;
L'autre prête à mourir, amante infortunée,
Par un vil séducteur trahie, abandonnée;
Mon pere, auprès de nous ramené par la paix,
Tout à coup dans la tombe emportant nos regrets;
Son ami malheureux, & que les fers attendent.
Mes regards consternés sur l'univers s'étendent;
Je contemple ces grands, les maîtres des humains:
Je les vois assiégés de semblables chagrins;
Je vois le thrône même environné d'allarmes,
Et le bandeau des rois, tout trempé de leurs larmes.
Cette image auroit dû vaincre, & détruire en moi
Le tendre sentiment, qui m'imposoit la loi.
Mais en vain ma raison opposoit son murmure
A ce besoin d'aimer, le cri de la nature:
Mon cœur me trahissoit; je ne combattis plus;
Je cédai; je fixai mes vœux irrésolus.
Il falloit que l'amour remplit toute mon ame,
Et je choisis un Dieu pour l'objet de ma flamme.
Dès ce moment, le monde à mes yeux se perdit
Comme une ombre qui passe, & qui s'anéantit;

Je rejettai bientôt ſes trompeuſes promeſſes;
Malgré l'eſpoir flatteur du rang & des richeſſes;
Malgré tous mes parents, je courus aux autels
M'enchaîner: Dieu reçut mes ſerments ſolemnels;
J'ai trouvé tout en lui; pour lui ſeul je reſpire.
Ma ſœur, à mes tranſports Dieu ſeul pouvoit ſuffire;
Maître des ſentiments, il les ſatisfait tous;
Je n'eus point d'autre amant, je n'ai point d'autre époux.
Ma flamme tous les jours, & s'épure, & s'augmente;
Cette céleſte ardeur, du ſort indépendante,
Ne craint pas le deſtin de ces engagements
Que détruit le caprice, ou la mort, ou le tems.
Non, je ne brûle point pour un amant vulgaire
Qui change, qui périt, ou qui ceſſe de plaire:
Je brûle pour un Dieu; mon eſprit immortel
S'embrâſera des feux d'un amour éternel..
Ah! ma ſœur, partagez le bonheur d'une amie;
Dieu lui ſeul doit regner dans le cœur d'Euphémie.

EUPHÉMIE.

Je demande en pleurant qu'il m'ôte un ſouvenir
Que le devoir, l'honneur m'ordonnent de bannir.
Ce miracle, ô mon Dieu! ſeroit-il impoſſible?
Tout rappelle à mon ame une mere inflexible

Que mes gémissements ne sçauroient attendrir,
Dont le sein à mes pleurs refuse de s'ouvrir,
Qui pour son fils, hélas ! mere aveugle, idolâtre,
M'accable des rigueurs d'une dure marâtre,
Qui, dans l'ombre du cloître enfermant mes douleurs,
Goûte l'affreux plaisir de séparer deux cœurs,
Tandis que ma tendresse.. elle m'est toujours chere,
Et dans ses cruautés je ne vois que ma mere..
Sans doute, elle a causé le trépas d'un amant..
Cette image m'accable, irrite mon tourment!
Moi-même ai consommé le fatal sacrifice;
Je me suis imposé.. le plus affreux supplice.
J'avois perdu Sinval; que m'étoit l'univers?
Et je repousse un Dieu ! je pleure sur mes fers!
Sous un fardeau d'ennuis ma faiblesse succombe!
Sinval.. rentre, cruel, dans la nuit de la tombe;
Tu m'arraches mes vœux... je te suis chez les morts,
Ah! dumoins, laisse à Dieu mes pleurs, & mes remords.

MÉLANIE, *la serrant dans ses bras.*

Ma sœur, ma tendre amie, il faut cacher ce trouble..

EUPHÉMIE.

Puis-je, hélas, le cacher? chaque instant le redouble.

SCÈNE III.

EUPHÉMIE, MÉLANIE, CÉCILE.

MÉLANIE, *à Euphémie.*

CÉCILE vient.. craignez..

EUPHÉMIE.

Qu'à ses regards, ma sœur,
Qu'à ceux du monde entier éclatent ma douleur,
Mes maux, mon désespoir, mon repentir, mon crime..
Que tout sçache, ô Sinval, que je meurs ta victime.

CÉCILE *d'un ton sévère à Euphémie.*

Enfin vous allez voir ce ministre sacré
D'un Dieu, qui sçait punir, interprête éclairé;
Ma sœur, ce Dieu lassé d'employer les menaces,
S'apprête à vous fermer le thrésor de ses graces;
Epouse sans pudeur, infidelle à l'époux,
Il va vous accabler du céleste couroux.
Votre rébellion, à nos sœurs trop fatale,
A levé dans ces murs la pierre de scandale.
Expiez envers Dieu cet oubli criminel;
Si vous ne reclamez son amour paternel,
Si, livrée aux regrets, à des remords sincères,
Vous n'arrosez l'autel de vos larmes amères,

Frémissez, n'attendez qu'un juge impatient
De prononcer l'arrêt que sa bonté suspend ;
Son équité le presse : il ne peut vous absoudre ;
Je vois le bras vengeur, qui s'arme de la foudre ;
Le tonnerre allumé, la flamme des enfers,
Sous vos pas égarés les abîmes ouverts :
Vous tombez dans ces lieux de désespoir. .de rage. :

Euphémie à ces derniers mots paraît troublée.

MÉLANIE *avec transport à Cécile.*

Que dites-vous, barbare ? arrêtez.. cette image..
N'est point celle de Dieu : vous le peignez cruel ;
Depuis quand le pardon n'est-il plus sur l'autel ?

A Euphémie avec un ton touchant, la serrant contre son sein.

Vas, ma chere Euphémie, humble dans tes prieres ;
Vas te jetter aux pieds du plus tendre des peres,
Lui porter dans son temple un cœur qui sçait aimer ;
Qui sçaura pour lui seul souffrir & s'enflammer ;
D'un penchant qui l'offense, étouffe la mémoire ;
A tes sens ennemis dispute la victoire ;
Dompte l'humanité, qui voudroit te ravir
Le prix de tes combats, l'honneur de t'asservir ;
Repousse la nature indignée & jalouse ;
Vole à Dieu qui t'appelle, & rends-lui son épouse ;

Vois-le du haut des cieux qui s'applaudit en toi,
Qui prête à tes efforts les aîles de la foi;
Pénétre toi des feux de sa grace invincible.
Ma sœur, il a formé ton ame trop sensible,
Pour ne t'inspirer pas cet amour immortel
Qui rejette le monde, & nous éleve au ciel;
Il frappe quelquefois : mais toujours il nous aime;
Ne crains pas. Ce ministre, envoyé par Dieu même,
Ne se montrera point l'ange exterminateur :
Il sera ton ami, l'ange consolateur;
Il essuyera tes pleurs d'une main bienfaisante.
La piété sincere est toujours indulgente.

Euphémie se retire dans la plus profonde douleur.

D'un autre sentiment peut-on être animé,
Et reconnaître un Dieu si digne d'être aimé?

SCÈNE IV.

MÉLANIE, CÉCILE.

MÉLANIE.

EXCUSEZ des transports qui ne sçauroient se taire,
Ma sœur; votre vertu, sans doute trop austere,
Dans le sein d'Euphémie a porté la terreur.
Le ton de la menace appartient à l'erreur.

La douceur est l'esprit d'une morale sainte;
L'amour doit l'inspirer; n'y mêlons point la crainte.

CÉCILE.

Ma colère est égale à mon étonnement!
Quoi! loin de partager un juste emportement,
Quand l'intérêt du ciel devroit seul vous conduire,
Des folles passions vous flattez le délire!
Vous voulez qu'une sœur, indigne de ce nom,
De Dieu, qu'elle trahit, attende son pardon!

MÉLANIE.

Et toujours ces rigueurs, & cette ame inflexible,
Qui met tout son orgueil à se rendre insensible!
Cécile, ouvrez les yeux; faut-il vous répéter
Ce que le sentiment s'empresse à nous dicter?
Non, ma sœur, Dieu n'est point un tyran sanguinaire,
Inaccessible aux pleurs du repentir sincere;
Qu'est-ce que la grandeur qui ne pardonne pas?
N'a-t-il point répandu son sang pour des ingrats?
Euphémie à ses pieds se reconnaît coupable:
Il daignera lui tendre une main secourable;
La grace descendra dans ce sein agité.
Soutenons l'arbrisseau dans sa fragilité;
Consolons notre sœur, & plaignons sa faiblesse.

CÉCILE.

Sa faiblesse! Grand Dieu, qu'elle outrage sans cesse,

Sur quels crimes ta foudre aura-t-elle à tomber,
Si de pareils forfaits peuvent s'y dérober ?
Depuis qu'à nos autels Euphémie est liée,
L'idole de son cœur ne peut être oubliée ;
De la nuit du tombeau cet objet renaissant,
Sur son ame égarée est toujours plus puissant ;
Comment ! après dix ans de soupirs & de plaintes,
Se consumer d'amour pour des cendres éteintes !
Nous laisser voir un cœur toujours plus enflammé,
Plus criminel !

MÉLANIE.

Après une longue pause.

Ma sœur... vous n'avez pas aimé.

CÉCILE.

Qu'en ces liens honteux j'eusse été retenue !
Que Cécile eut aimé ! Dieu seul..

SCÈNE IV.

SCÈNE V.

MÉLANIE, CÉCILE, UNE SŒUR CONVERSE.

LA SŒUR CONVERSE *à Mélanie, & Cécile.*

UNE inconnue
Vous demande en ces lieux un ſecret entretien.

CÉCILE *avec vivacité.*

Quel rang annonce-t-elle ?

MÉLANIE *à Cécile.*

Eh ! le rang n'y fait rien ;
Ma ſœur ; il faut la voir.

LA SŒUR CONVERSE.

Tout pour elle intéreſſe ;
Un air noble & touchant ſe méle à ſa triſteſſe :
Je crois qu'elle eſt à plaindre, & que l'adverſité..

MÉLANIE *vivement.*

Qu'elle entre.

CÉCILE *à Mélanie.*

Hé quoi ! ma ſœur ! cette importunité..
Toujours des indigents !

MÉLANIE *à la ſœur Converſe.*

Qu'elle vienne, vous dis-je.

La ſœur Converſe ſort.

C

SCÈNE VI.

MÉLANIE, CÉCILE.

MÉLANIE *d'un ton pénétré.*

Un ſentiment ſi dur me ſurprend & m'afflige.
Rempliſſez-vous les loix de la religion,
Quand votre ame ſe ferme à la compaſſion;
Quand votre piété farouche, atrabilaire,
Prête à Dieu ces levains de haine & de colere;
Quand vous ne goûtez point l'ineffable plaiſir
D'aimer le malheureux, & de le ſecourir,
Dans les larmes d'autrui d'eſſuyer vos pleurs mêmes?
Eſt-ce-là ton eſprit, & tes douceurs ſuprêmes,
Religion ſi pure, & ſi chere à mon cœur?
Vous n'avez point aimé: je vous l'ai dit, ma ſœur;
Votre dévotion s'irrite ſous la haire.
Si vous euſſiez aimé, votre zèle ſévere
D'une grace plus douce eut ſenti les attraits.
Le Dieu que nous ſervons eſt le Dieu des bienfaits;
C'eſt ſa tendreſſe, hélas! & non pas ſa juſtice,
C'eſt l'amour, qui pour nous l'a conduit au ſupplice.

CÉCILE.

Penſez-vous que le ciel emprunte votre voix,
Ma ſœur, pour m'éclairer & me dicter ſes loix ?
Je ſçais les pratiquer : mais je vois l'infortune
Aſſiéger cet aſyle, & ſe rendre importune,
Aſſocier ſa plainte aux cantiques ſacrés.
L'autel a des devoirs de tout tems révérés.
Ne doit-on pas prier ? A votre tour inſtruite..

MÉLANIE.

Faiſons du bien, ma ſœur, & nous prierons enſuite.

SCÈNE VII.

LA COMTESSE D'ORCÉ, MÉLANIE, CÉCILE, UNE SŒUR CONVERSE.

La Comteſſe annonce l'indigence par un habillement noir, des plus ſimples, où cependant ſe remarque cette propreté décente, qui n'abandonne jamais les infortunés qui ont quelque naiſſance, ou quelque éducation. Cécile la regarde avec une indifférence froide & dédaigneuſe, & Mélanie avec tout l'intérêt de la ſenſibilité.

LA COMTESSE D'ORCÉ *à Mélanie & Cécile.*

UNE inconnue, hélas ! mourante dans les pleurs,
Oſe dans votre ſein apporter ſes douleurs..

MÉLANIE *vivement à la ſœur Converſe.*

Sortez.

SCÈNE VIII.

LA COMTESSE D'ORCÉ, MÉLANIE, CÉCILE.

LA COMTESSE D'ORCÉ *continue.*

De l'univers, de tout abandonnée,
Lasse de supporter ma vie infortunée,
D'attacher des regards dédaigneux ou cruels,
J'ai cru que mes malheurs trouveroient aux autels
Le sentiment d'une ame aux vertus consacrée,
Cette pitié touchante, & du monde ignorée..

MÉLANIE *à la Comtesse avec attendrissement.*

Asseyez-vous, Madame. *Elle s'assied.*

CÉCILE *froidement.*

Assurement, nos vœux
Sont adressés au ciel pour tous les malheureux.
Mais, d'une dette immense à peine soulagée,
Cette maison, sans bien, est d'aumônes chargée..
La charité..

LA COMTESSE D'ORCÉ *à ce mot fondant en pleurs.*

A Cécile.

Voilà le comble du malheur,
Madame.. & vous aussi, vous me percez le cœur!

Non, je n'implore point la charité, Madame;
Je demande.. la mort. *Ses larmes redoublent.*
Dieu! quel coup pour mon ame!

MÉLANIE *avec transport à Cécile.*

Qu'avez-vous fait, cruelle? allez.. retirez-vous;
Vous avez déchiré son cœur.. *Cécile reste encore.*
Eh! laissez-nous.

Cécile sort avec dépit.

SCÈNE IX.

LA COMTESSE D'ORCÉ, MÉLANIE.

MÉLANIE *s'asseyant aux côtés de la Comtesse, & serrant ses mains.*

MADAME..

LA COMTESSE D'ORCÉ *toujours dans les sanglots, & n'écoutant point Mélanie.*

Quoi! c'est-là cette loi bienfaisante,
Cette religion douce & compatissante!
Où chercher la pitié? de qui l'attendre? ô ciel!

MÉLANIE.

De mon cœur. Croyez-moi, c'est aux pieds de l'autel
Que l'humanité pleure & gémit sans contrainte;
Dans l'ame de Cécile elle n'est point éteinte;

La Comtesse leve la tête, s'apperçoit que Cécile est retirée, & regarde Mélanie avec attendrissement.

Daignez lui pardonner. Sa sombre piété
Paraît s'enorgueillir de sa sévérité :
Mais elle vous plaindra. . non, il n'est pas possible. . .
Qui pourroit vous entendre, & n'être pas sensible?

LA COMTESSE D'ORCÉ.

Je ne viens point, Madame, implorer des secours,
Ni d'opprobres souiller le dernier de mes jours :
Car je sens qu'au tombeau je suis prête à descendre.
Puisse, ô Dieu, ta rigueur s'arrêter à ma cendre !
Je connais les moyens de hâter ce moment,
De finir, en un mot, ma honte & mon tourment :
Mais Dieu seul, qui me frappe, a des droits sur ma vie ;
Par ses coups seuls, il faut qu'elle me soit ravie.
Je dois donc m'abaisser sous le fléau vengeur ;
Je dois boire à longs traits la coupe du malheur,
Pour obéir au ciel, supporter l'existence,
Faire plus, étouffer l'orgueil de ma naissance.
J'eus autrefois un rang, des biens, & des honneurs :
L'infortune a détruit tous ces songes flatteurs.
Et, qui m'a pu reduire à ce sort déplorable ? .

Elle pleure.

Excusez ce désordre. . un trouble affreux m'accable ;

Le malheur jufques là peut-il humilier ?
Je venois.. quel aveu ! je venois vous prier
De foutenir mes pas au bout de ma carriere..
De me placer enfin, pour traîner ma mifere,
Au rang.. *avec des fanglots*, de domeftique.

MÉLANIE *avec des larmes.*

Arrêtez.. vous, fervir !
Non, Madame.. à vos maux tout fçaura compatir ;
C'eft vous, qu'on fervira. Je donnerois ma vie,
Pour dérober vos jours à cette ignominie.
L'amitié.. la tendreffe.. on effuyera vos pleurs.
Qui ne s'attendriroit, hélas ! fur vos malheurs ?

LA COMTESSE D'ORCÉ *en l'embraffant.*

Ah ! je vous dois déjà de la reconnaiffance :
Mais, mon honneur s'oppofe à votre bienfaifance ;
Je fçaurai m'abaiffer, fervir enfin.. mourir,
Sans que mon infortune ait jamais à rougir.
Les dons, de quelque main qu'ils foient offerts, Madame,
Offenfent la nobleffe & la fierté de l'ame.
J'expire.. & ce qui rend le trait plus affaffin,
Madame.. *avec des pleurs.* c'eft un fils.. qui me perce le fein.

MÉLANIE *avec un cri.*

Un fils ! le monftre affreux ! & quelle ame affez dure
Peut trahir à ce point le fang & la nature ?

LA COMTESSE D'ORCÉ.

Oui.. c'eſt un fils, un fils par ce ſein allaité,
Madame; il fut à peine en mes bras apporté,
Qu'il réunit mes ſoins, mes craintes, mes careſſes,
Le tendre amour de mere, & toutes ſes faibleſſes;
Je lui ſacrifiai les plaiſirs & les rangs,
Mon pere, mon mari, tous mes autres enfants;
Pour un ſeul de ſes jours je me fuſſe immolée,
Et mourant à ſes yeux, j'euſſe été conſolée;
Je ne voyois, n'aimois, n'adorois que ce fils..
Ses freres, au tombeau, de mon époux ſuivis,
Lui laiſſerent des droits qu'appuya ma tendreſſe:
De ſon ſeul intérêt je m'occupois ſans ceſſe;
Que dis-je? avec ces droits je cédai tous les miens,
Et maître de mon cœur, il le fut de mes biens.
Mes moindres revenus, tout devint ſon partage,
Tout; je ne demandois que l'unique avantage
De vivre près de lui, près de lui de mourir,
Et que ce fils ſi cher eut mon dernier ſoupir.
Les penchants trop marqués d'une ame corrompue
Sous des traits embellis ſe montroient à ma vue;
En vain tout m'éclairoit: j'aimois à m'abuſer;
Tant l'amour maternel ſçait nous en impoſer!

Je n'appercevois pas dans ma folle tendresse,
Que ce fils égaroit sa coupable jeunesse,
Qu'aux plus honteux excès de la perversité
Il joignoit l'avarice & l'inhumanité..
Qu'il étoit un ingrat. Enfin il se marie:
Une femme souvent, dans une ame endurcie,
Porte cette douceur, cet attendrissement,
Principe des vertus, source du sentiment:
Son épouse, au contraire encor plus inhumaine;
Échauffa contre moi les poisons de sa haine;
Ce fils, sur qui j'avois épuisé mes bontés,
M'accabla de mépris, d'horribles duretés,
Unit l'insulte amere au plus cruel outrage,
Des pleurs qu'il fit couler, détourna son visage..

En pleurant.

Il me chasse, quel mot! de ce même château,
Séjour de mes ayeux, notre commun berceau:

Il me chasse. Si quelques personnes, qui sans doute auroient peu vécu, pouvoient penser assez bien de la nature humaine, pour soupçonner d'invraisemblance ce caractère odieux, on leur répondroit par un trait emprunté non d'un roman, mais des *petites affiches* de Paris, du 2 Février de la présente année 1767. » La » nommée *Anne de Laloy* femme de *Jean d'Uron*, est morte le » 14 Janvier au village de Vaux-sur-Seine, près Melun, âgée

J'embrasse ses genoux ; éplorée & mourante,
Je m'écrie : » O mon fils ! une mere expirante,
» Une mere à vos pieds n'implore qu'un bienfait,
» Seul prix de cet amour, qui pour vous a tout fait :
» Le trépas va bientôt terminer mes miseres :
» Que je meure du moins dans le lit de mes peres !
Il ne m'écoute pas : « Vous, qu'a nourri mon sein,
» Vous voulez donc, mon fils.. que j'expire de faim !
» Je vous ai donné tout ; en proye à l'amertume,
» Je n'ai gardé.. qu'un cœur que le chagrin consume.
» Vous aurez des enfants : je devrois souhaiter..
» Ah ! puissent-ils, cruel, ne vous pas imiter !
Sa femme, en ce moment, plus barbare peut-être,
Me force de quitter les lieux qui m'ont vu naître,
Où s'attachoient encor mes regards expirants..
Ciel ! & j'ai pu survivre à ces coups accablants !
Que vous dirai-je, enfin ? tout s'éclipse à ma vue ;
Je cours chez une amie, & je suis méconnue ;

» de 99 ans 3 mois & 2 jours ; elle n'a cessé de travailler à la » culture des terres qu'environ trois mois avant son décès, & *elle » a fini ses jours dans une étable à vaches où on lui permettoit par » charité de se retirer. Elle a eu 58 enfants ou petits enfants, & » elle en laisse 53 vivants* ». Les peres & meres ont-ils jamais offert des exemples d'une pareille inhumanité ?

Traînant envain partout les horreurs de mon sort,
J'arrive en ce séjour.. pour y trouver la mort!

MÉLANIE.

Non, vous ne mourrez point; vous aurez deux amies,
Que pour vous consoler le ciel a réunies;

La Comtesse pleure avec plus d'amertume.

Vous gémissez! vos pleurs, en repoussant ma main,
Avec plus d'amertume inondent votre sein!

LA COMTESSE D'ORCÉ.

Ah! Madame, la source en doit être éternelle.
Vous connaissez mes maux & ma douleur mortelle:
Apprenez donc mon crime, & jugez si je puis
Mettre fin à mes pleurs, à mes cruels ennuis;
Ce fils.. ce même enfant, qui m'arrache la vie..
Eut une sœur..

MÉLANIE *avec un nouvel intérêt.*

Parlez.

LA COMTESSE D'ORCÉ.

Elle étoit embellie
De tous ces agréments, dont l'assemblage heureux
Touche encor plus le cœur, qu'il ne séduit les yeux;
Pour me plaire, grand Dieu, tes mains l'avoient formée;
Je lui fermois mon sein, & j'en étois aimée;

Ma fille, à mes rigueurs oppoſant ſon amour,
Plus ſoumiſe à mes loix, plus tendre chaque jour,
Sembloit me pardonner, ignorer que ſon frere
Emportoit tous les ſoins de ſon injuſte mere;
Un jeune homme modeſte, aimable, vertueux,
D'un rang égal au ſien, fit éclatter ſes feux,
Demanda que l'hymen l'unit à ma famille;
Ils s'aimoient: inſenſible aux larmes de ma fille,
Je l'immole à ſon frere, éloigne ſon amant,
Dans le cloître l'entraîne, y preſſe ſon tourment,
L'affreux lien qui doit la tenir enchaînée,
Bien différent des nœuds d'un flatteur hymenée!

MÉLANIE *troublée, à part.*

De ſemblables revers..

LA COMTESSE D'ORCÉ.

Pour décider ſon ſort,
J'allai de ſon amant lui confirmer la mort;
Sa douleur à ces coups ſuccombe; une parente
Accourt, de ſon couvent la retire expirante;
Cette parente meurt, & je ne puis ſçavoir
Où ma fille a porté ſes pas, ſon déſeſpoir;
Ma fille eſt dans la tombe.. & c'eſt moi, malheureuſe!.
J'ai rendu pour un fils, ſa deſtinée affreuſe.

MÉLANIE *encore plus troublée.*

J'ai peine à résister.. &.. plus je vous entends..
Madame, en ce séjour.. depuis près de dix ans..

LA COMTESSE D'ORCÉ *vivement.*

Depuis dix ans.. eh bien!

MÉLANIE.

J'ai la plus tendre amie;
D'une mere qu'elle aime elle fut peu chérie.

LA COMTESSE D'ORCÉ.

Poursuivez.. une mere..

MÉLANIE *rapidement.*

A causé son malheur;
Un sort aussi funeste entretient sa douleur;
Elle sçait respecter l'infortune timide:
Souvent dans cet asyle elle lui sert de guide;
Son sein compatissant à vos pleurs s'ouvrira;
Elle plaindra vos maux.. elle vous chérira.

Elle se leve avec empressement.

Madame.. il faut la voir; vous l'aimerez, Madame.

LA COMTESSE D'ORCÉ *se levant avec la même vivacité.*

O ciel!. il se pourroit.. que vous troublez mon ame!
Guidez mes pas vers elle; au comble du malheur,
Grand Dieu, tu permettrois..

SCÈNE X.

EUPHÉMIE, LA COMTESSE D'ORCÉ, MÉLANIE.

MÉLANIE *donnant le bras à la Comtesse & appercevant Euphémie.*

Venez, venez, ma sœur,
A la noble infortune ouvrir vos bras. .

LA COMTESSE D'ORCÉ *tombant évanouie sur sa chaise, & avec un cri.*

Constance !

EUPHÉMIE *aux pieds de sa mere,*

Ma mere !

MÉLANIE.

Est-il bien vrai ? sa mere ! ô Providence !

LA COMTESSE D'ORCÉ *revenant à elle, avec un signe d'effroi & de douleur.*

Ciel ! qu'ai-je vu ? ma fille attachée aux autels ! .
Pour jamais ! . j'ai formé ces liens éternels !
Ce voile, ce bandeau m'accuseront sans cesse..
Par quel évenement . . instruis-moi. . ta tendresse. .
A de si doux transports tu peux t'abandonner !

Avec des larmes, & embrassant sa fille.

Va, le suprême effort est de me pardonner.

EUPHÉMIE.

Ma mere.. que j'embrasse !

LA COMTESSE D'ORCÉ.

Oui, tu revois ta mere ;
Ta mere infortunée.

EUPHÉMIE.

Elle m'en est plus chere.
Elle se releve.
Qui peut avoir causé ce changement affreux ?

LA COMTESSE D'ORCÉ.

Ton frere.

EUPHÉMIE.

Mon frere !

LA COMTESSE D'ORCÉ.

Oui, cet objet de mes vœux,
Qui m'a fait méconnaître, & haïr ma famille,
Ce fils.. *prenant la main à Euphémie, & en pleurant.*
A qui j'ai pu sacrifier ma fille..

EUPHÉMIE *vivement.*

Je ne sens que vos maux.

LA COMTESSE D'ORCÉ.

De mes biens possesseur ;
Sourd à la voix du sang, au cri de la douleur..
Ma fille.. (j'eus pour toi la même barbarie)
Il a chassé sa mere avec ignominie.
Le ciel étoit, hélas! contre moi courroucé.
Juge de mes malheurs ! La Comtesse d'Orcé,

Qu'aveugla si long-tems le rang & l'opulence ;
En proye à ces horreurs, qui suivent l'indigence ;
Sans amis, sans espoir, sans nul soulagement,
Victime du besoin.. du besoin consumant,
Venoit en cet asyle, ouvert à la disgrace,
Attendant le tombeau, mandier une place..
L'emploi.. de domestique..

EUPHÉMIE *tombant dans les bras de sa mere, & après une longue pause.*

A peine je reviens..

Avec transport & en pleurant.

Vous ne descendrez point à ces honteux moyens,
Pour soulager le poids d'une horrible infortune ;
Je souffrirai pour vous une vie importune ;

Vivement.

Je ne vais m'occuper, m'arrachant à la mort
Que de l'unique soin d'adoucir votre sort,
De vous venger d'un fils.. je peux.. cette parente,
Qui du cloître en ses bras me transporta mourante,
Qui seule dans ces murs me vit rendre à des fers,
Que je voulois cacher à vous, à l'univers,
Ce cœur si généreux m'a laissé l'héritage
D'un leger revenu.. *rapidement.* qu'il soit votre partage ;
J'ajouterai, ma mere, à ce faible secours,
Le travail de mes mains.. j'immolerai mes jours,

Tout..

Tout.. je mourrois cent fois, ô mere que j'adore,
Pour vous prouver l'amour ..

LA COMTESSE D'ORCÉ *l'embrassant.*

Tu peux m'aimer encore,
O ma fille ! oublier..

EUPHÉMIE.

Je ne songe qu'à vous.

En montrant Mélanie.

Voici votre autre fille ; elle est digne de nous ;
Sensible à l'amitié, le malheur l'intéresse ;
Elle réunira ses soins & sa tendresse.

LA COMTESSE D'ORCÉ *d'un ton pénétré.*

En ma faveur déjà son cœur s'est déclaré,
Et d'un juste retour le mien est pénétré..

En lui tendant la main.

MÉLANIE *à la Comtesse.*

Je ne vous ai donné qu'un sentiment stérile.
Si ma tendre amitié pouvoit vous être utile,
Je rendrois grace au ciel, qui vous doit son appui.
Le calme, le bonheur ne viennent que de lui ;
Lui seul peut consoler, relever l'infortune.
Mais ma présence ici pourroit être importune..

Elle fait quelques pas pour se retirer.

LA COMTESSE D'ORCÉ *se levant.*

Non, demeurez. Pour vous aurions-nous des secrets,
Madame ? *montrant sa fille.* Publiez ses vertus, mes regrets,

Mon repentir, les pleurs que le remords me coûte,
Tous ses bienfaits..

EPUHÉMIE *embrassant sa mere.*

C'est vous qui m'obligez sans doute;
Nous pourrons vivre ensemble & pleurer toutes deux..
Ma mere.. hélas! bientôt vous fermerez mes yeux.

LA COMTESSE D'ORCÉ.

C'est toi, qui fermeras ma mourante paupiere.

EUPHÉMIE.

Ne songeons qu'au plaisir de soulager ma mere.
Allons.. *Elle donne la main à sa mere.*

LA COMTESSE D'ORCÉ *appercevant le cercueil, & reculant d'effroi.*

Dieu! qu'ai-je vû?

MÉLANIE *à la Comtesse.*

Notre loi, chaque nuit,
Nous ramene au cercueil, où la terreur nous suit,
Nous présente la fin qui nous est destinée.

EUPHÉMIE *à sa mere avec un gémissement.*

Oui... voilà mon asyle, & mon lit d'hymenée!

La Comtesse à ce dernier mot pleure, regarde tendrement sa fille, & tombe dans ses bras. Euphémie, après une longue pause, dit à sa mere:

Vous sçaurez tous mes maux.

à Mélanie.

Ne m'abandonnez pas;
Que ce jour voie enfin terminer mes combats!
Hâtez l'heureux instant, où mon ame accablée
Par cet ange de paix doit être consolée.

Le rideau se baisse.

Fin du premier Acte.

ACTE II.

La toile se lève. On voit une chapelle, un autel sur le côté, un péristille dans l'enfoncement.

SCÈNE PREMIERE.

EUPHÉMIE, MÉLANIE, *toutes deux prosternées, l'une en face de l'autel, & l'autre à un des côtés.*

MÉLANIE.

O Toi dont les bienfaits annoncent la grandeur,
Qui de la grace en nous conduis le trait vainqueur,
O mon Dieu, prens pitié des erreurs d'une amie,
Entends mes vœux, descends dans le sein d'Euphémie;
Substitue aux transports d'un aveugle penchant,
Le feu pur de ta foi, ton amour si touchant;
Seigneur, contre les sens viens lui donner des armes;
Pourrois-tu rejetter nos prieres, nos larmes?
Hélas! son cœur est fait pour connaître ta loi,
Pour t'aimer, t'adorer, pour se remplir de toi.

Tu vois ſon déſeſpoir, ô Dieu puiſſant, acheve,
Acheve, & qu'elle céde au remords qui s'élève..

EUPHÉMIE

De la triſte infortune aſyle protecteur,
Autel d'un Dieu clément, d'un Dieu conſolateur,
Seul appui dans mes maux.. *Elle embraſſe avec tranſport le coin de l'autel.*
Que ma faibleſſe embraſſe,
D'un fardeau de douleurs impatiente & laſſe,
Mon ame, en gémiſſant, vient répandre à vos piés
Ses ennuis.. ſes remords dans les larmes noyés;

Elle ſe tourne vers Mélanie.

J'ai voulu les cacher aux regards de ma mere,
Et ces pleurs..dont, grand Dieu, la ſource encor m'eſt chere;
Retenus trop longtems demandent à couler..
Mes ſoupirs étouffés brûlent de s'exhaler;
Cette coupable ardeur malgré moi me dévore;
C'eſt un fantôme vain que j'aime, que j'adore,
Qui ſans eſpoir excite un ſacrilège feu,
Qui dans mon cœur domine à la place d'un Dieu;
Sinval, toujours vainqueur, s'éleve de la terre,
Pour combattre le ciel, & me livrer la guerre;
L'amour.. a dans mon ſein enfoncé tous ſes traits;
Une affreuſe tempête y gronde pour jamais!
Je ne puis décider quels ſentiments m'inſpirent:
Deux ames tour à tour m'emportent, me déchirent;

O ma religion.. la plus faible est pour toi!
Il faut pourtant, il faut que tu règnes sur moi;
Tout m'en fait un devoir, le ciel, l'honneur lui-même;
Tout, Sinval, me condamne & défend que je t'aime;
L'épouse d'un mortel lui doit sa foi, son cœur;
Et l'épouse d'un Dieu.. ciel! je me fais horreur..

Elle regarde du côté du péristile.

Son ministre à mes yeux ne s'offre point encore!

Elle se prosterne plus profondément.

O mon Dieu que j'offense, ô mon Dieu que j'implore,
Tu m'as rendu ma mere; ah! comble tes bienfaits,
Ou.. que dans mon cercueil je trouve enfin la paix!
Ce repos, où mes vœux n'oseroient plus prétendre,
Le refuseras-tu, Dieu vengeur, à ma cendre?

Elle apperçoit sa mere; à part & avec surprise.

Ma mere!

SCÈNE II.

EUPHÉMIE, LA COMTESSE D'ORCÉ.

EUPHÉMIE *troublée & se levant.*

OÚ venez-vous? *Mélanie se retire.*

LA COMTESSE D'ORCÉ *serrant sa fille dans ses bras.*

Dans tes bras, partager
Tes maux, que je voudrois, ma fille, soulager..
Ah! ce seroit à moi d'éviter ta présence.
On craint ses bienfaiteurs: mais j'aime assez Constance,
Pour voler au-devant de ses soins généreux.
Et.. tu gémis? ton sort..

EUPHÉMIE.

Mon sort! il est heureux:
A mes embrassements le ciel vous a rendue;
N'accusez point mon cœur, si je fuis votre vue..

Elle est agitée.

Non.. je ne vous fuis pas.. je venois en ce lieu..
Ma mere.. je venois.. j'étois aux pieds d'un Dieu..
Hélas! je l'implorois..

Elle prononce ces derniers mots d'une voix tombante.

LA COMTESSE D'ORCÉ.

Tes accents s'affaibliſſent. :
Tu détournes les yeux. . des larmes les rempliſſent !

EUPHÉMIE *comme emportée par la douleur, tombant dans les bras de ſa mere, en fondant en larmes.*

Après une longue pauſe.

Ah ! ma mere. . ne puis-je en ce torrent de pleurs
Exhaler mes ennuis, mes regrets, mes douleurs,
Dans ces larmes mourir ? . Ma raiſon impuiſſante,
Envain, les repouſſoit dans mon ame expirante ;
Je me ſuis efforcée, envain, de vous cacher
Un cœur.. que tout trahit : contraint de s'épancher ;
Il va vous découvrir ſes allarmes cruelles,
Ses agitations, ſes bleſſures mortelles,
Que loin de les calmer aigrit encor le tems ;
Vous connaîtrez mes maux, l'excès de mes tourments..
Rappellez-m'en la cauſe, &.. vous devez m'entendre..

LA COMTESSE D'ORCÉ.

Sur ton ſort quel retour que je ne puis comprendre ?
Qui ? moi, j'irois, ma fille, à tes yeux retracer
Un tableau, qu'aujourd'hui je voudrois effacer
De mes pleurs, de mon ſang . . Ma chere bienfaitrice ;
Écartons cette image : elle fait mon ſupplice,
Et tu m'as pardonné. .

EUPHÉMIE *baisant la main de sa mere*

Ma mere, c'eſt à vous
D'accorder un pardon, que j'implore à genoux;
Criminelle à regret, c'eſt moi qui vous offenſe.
Gardons ſur mes malheurs un éternel ſilence.
Un Dieu, ſans doute, un Dieu qui règle nos deſtins;
M'appelloit dans ces murs, m'en ouvroit les chemins.
Parlons de ma tendreſſe attachée à vous plaire,
Du bonheur que j'aurois de conſoler ma mere;

Sa voix s'attendrit davantage.

Parlons.. non, je ne puis ſurmonter le deſir,
L'impatiente ardeur de m'en entretenir;
Parlons.. de cet objet..

LA COMTESSE D'ORCÉ.

De qui?

EUPHÉMIE.

Mes pleurs, mon trouble
Vous le nomment aſſez.. mon ſupplice redouble..

Après une longue pauſe.

De Sinval..

LA COMTESSE D'ORCÉ.

De Sinval!

EUPHÉMIE.

Oui, du maître adoré
D'un cœur.. toujours épris, toujours plus déchiré.

LA

LA COMTESSE D'ORCÉ.

Qu'ai-je fait ? ciel ! l'amour possede encor ton ame !
Quoi ! ma fille, ce feu..

EUPHÉMIE *avec transport.*

Plus que jamais m'enflamme ;
Mon repos, mes devoirs lui sont sacrifiés.
Je le dis en pleurant, en mourant à vos piés,

Elle montre l'autel.

En attestant ce Dieu, qui me laisse à moi-même,
Qui me voit, chaque jour, dans ce désordre extrême,
Me traîner aux autels.. qui ne m'écoute pas..
Dix ans de désespoir, de larmes, de combats,
Une haire sanglante à mon cœur attachée,
La terreur avec moi dans mon cercueil couchée,
Le tems, la mort, la mort par qui tout se détruit,
Rien n'a pu m'arracher au trait qui me poursuit.
Une ombre, sur mes pas sans cesse ramenée,
Emporte tous mes vœux, & me tient enchaînée,
L'ombre, hélas ! de Sinval : voilà.. quels attentats..
O ciel ! tu peux m'entendre, & tu ne tonnes pas !
Dans l'horreur de la nuit, au lever de l'aurore,
Voilà l'unique Dieu que je sers, que j'adore,
A qui je cours offrir mon encens sur l'autel !
Pour des cendres, enfin, je trahis l'Éternel.,

F.

Qu'ai-je dit, malheureuſe ? ah! Dieu vengeur, pardonne;
Pardonne.. ma raiſon.. ta grace m'abandonne.

Avec tranſport.

Ma mere ! il n'eſt donc plus ? & quel funeſte ſort..
Notre amour.. mon deſtin.. j'aurai cauſé ſa mort.

LA COMTESSE D'ORCÉ *ſerrant ſa fille dans ſes bras, & en pleurant.*

O ma fille ! à mes yeux combien je ſuis coupable !
Ta mere.. c'eſt ma main, Conſtance, qui t'accable !
J'ai creuſé ſous tes pas cet abîme de maux !
J'ai porté dans ton ſein ces éternels bourreaux,
Cette ardeur ſacrilége, & de remords ſuivie,
Cet indomptable amour, qui conſume ta vie !

Elle la tient toujours dans ſon ſein.

A mes crimes, ma fille, oppoſe ta vertu.
Si Sinval au tombeau n'étoit point deſcendu..

EUPHÉMIE *avec rapidité.*

S'il reſpiroit ! Sinval !. heureuſe en ma miſere,
Que ma chaîne à ce prix me paraîtroit legère !

LA COMTESSE D'ORCÉ.

Ma fille.. je pourrois adoucir ton tourment !
Apprends.. tous mes forfaits.

EUPHÉMIE *avec tranſport.*

Sinval ſeroit vivant !

LA COMTESSE D'ORCÉ.

Je voulois avancer la fatale journée,
Qui devoit aux autels fixer ta destinée,
Pour jamais t'éloigner & du monde, & de moi;
Un bruit inattendu vint te frapper d'effroi:
Je supposai la mort..

EUPHÉMIE.

Sinval voit la lumiere!

LA COMTESSE D'ORCÉ.

Tout m'engage dumoins à le croire.

EUPHÉMIE.

O ma mere;
Mon cœur ne suffit pas.. mes transports.. mon bonheur..
Il vit.. ciel, sur mes jours épuise ta rigueur..

Serrant les mains de sa mere.

Que ne vous dois-je point? Sinval.. Sinval respire..
O Dieu, qu'il soit heureux! &.. que cent fois j'expire!

Après une pause.

Mais.. il m'aimoit: comment a-t-il pu me laisser?.

LA COMTESSE D'ORCÉ.

Tu ne sçais pas encor.. que vais-je t'annoncer?

EUPHÉMIE *rapidement.*

Il cessa de m'aimer? gardez-vous de m'instruire.

LA COMTESSE D'ORCÉ.

Sinval.. il t'adoroit. Faut-il donc te redire

Ce que mon cœur voudroit, ma fille, se cacher,
Ce que sans cesse, hélas! je dois me reprocher?

EUPHÉMIE.

Parlez..

LA COMTESSE D'ORCÉ.

Quels nouveaux coups une mere te porte!
Sinval.. que tu crus mort, à son tour te crut morte.

EUPHÉMIE.

En est-ce assez, grand Dieu?

LA COMTESSE D'ORCÉ.

De douleur égaré,
Il fuit loin de mes yeux.. son sort est ignoré..

EUPHÉMIE.

Sinval ne sera plus. J'éprouve trop moi-même
Combien il est affreux de perdre ce qu'on aime.
Je n'en sçaurois douter: il est dans le tombeau..
Mais, pourquoi m'arrêter à ce sombre tableau?
Sinval, à mon trépas peut être moins sensible,
Aura pu soutenir cette disgrace horrible,
Se consoler.. quel cœur aima comme le mien?
Qu'ai-je dit? captivé par un nouveau lien,
Peut-être dans les bras.. dans le sein d'une épouse..
Il manquoit à ma flamme, ô ciel, d'être jalouse!
Et d'un semblable feu je puis encor brûler!
Où m'emporte un amour, qui veut tout s'immoler?

En ce moment, c'eſt moi, moi ſeule que je pleure.
Ne voyons que Sinval, qu'il vive, &.. que je meure!
Et n'eſt-il pas heureux, s'il a pu m'oublier?
Voudrois-je à mes tourments, Sinval, t'aſſocier?
Incertaine en mes vœux, de raiſon incapable,
Toujours plus malheureuſe, & toujours plus coupable,
Mon cœur.. mon cœur ne ſçait, aveugle en ſes tranſports,
S'il n'aimeroit pas mieux Sinval parmi les morts,
Que Sinval, loin de moi, jouiſſant de la vie;
Non, je ne puis dompter l'affreuſe jalouſie.
Vous avez cru, *à ſa mere.* jugez de mon égarement,
Vous avez cru m'offrir quelque ſoulagement,
Et vous venez encor d'irriter mes tortures;
Tous les poiſons, les feux enflamment mes bleſſures;
Je ne me connais plus.. je repouſſe en fureur
L'autel, où j'ai formé mon éternel malheur;
J'ouvre mon ſein brûlant au trait qui le déchire;
L'amour au déſeſpoir eſt tout ce qui m'inſpire..
Je rejette mon voile.. en outrageant l'époux,
En outrageant le Dieu.. dont je crains trop les coups.

SCÈNE III.

EUPHÉMIE, LA COMTESSE D'ORCÉ, CÉCILE.

CÉCILE *à Euphémie.*

CE miniſtre inſpiré par un zèle ſublime,
Cet organe du ciel, le ſage Théotime..

EUPHÉMIE *avec vivacité.*

Eſt ici?

CÉCILE.

Dans ce lieu, bientôt, vous le verrés.

EUPHÉMIE *vivement.*

Ah! s'il rendoit le calme à mes ſens égarés!
Je brûle de le voir, je brûle de l'entendre,
D'épancher mes ennuis, dans ſon ſein de répandre
Mon ame, mes erreurs...

CÉCILE.

Dites des attentats
Que Dieu tarde à punir, mais ne pardonne pas.

EUPHÉMIE.

Hé quoi! toujours armer ſa main compatiſſante!

CÉCILE.

Avant que Théotime à vos yeux ſe préſente,
Je voudrois un moment lui parler : laiſſez-nous,
Et ſongez que le ciel s'appeſantit ſur vous,

Qu'il n'eſt pour vous ſauver qu'un ſeul inſtant peut-être.
On vous avertira, quand vous devrez paraître.

EUPHÉMIE *d'un ton touchant.*

Ah! ma ſœur!

CÉCILE *avec hauteur & indignation.*

Un tel nom doit vous être interdit;
Ma ſœur ſuit mon exemple, & le ciel la bénit;
Allez.

Euphémie accablée de douleur eſt emmenée par ſa mere, qui la tient dans ſes bras.

SCÈNE IV.

CÉCILE *ſeule.*

O DIEU vengeur, punis, frappe le crime;
Et que le feu du ciel conſume la victime!
Ta gloire, ta juſtice, exigent que ton bras
L'arrache à ta clémence, & la livre au trépas;
Pour éclater, répands ſur la terre embraſée
Les flammes de la foudre, & non pas la roſée;
L'indulgence aux mortels te manifeſte peu:
C'eſt à des châtiments que l'on connaît un Dieu;
Sur ſa tête Euphémie appelle l'anathême;
Il faut un pur hommage à ta grandeur ſuprême;
Proſternée aux autels, & ſoumiſe à tes loix,
Je te ſers, & te crains..

SCÈNE V.

THÉOTIME, CÉCILE. *Théotime annonce dans toute sa personne un grand recueillement; il a la tête ensevelie dans ses habits de religieux.*

CÉCILE *allant au-devant de Théotime, & faisant une inclination.*

Pardonnez, si ma voix,
Mon pere, interrompant votre saint ministere,
Ose attirer vos pas en ce lieu solitaire,
Quand l'autel . .

THÉOTIME.

Etre utile est le premier devoir,
La main, qui peut servir, doit quitter l'encensoir;
Que voulez-vous?

CÉCILE.

J'ai cru sur votre renommée..

THÉOTIME.

Mon oreille à ces mots n'est point accoutumée.
Laissons, laissons au monde, à son orgueil trompé
Tous ces hommages vains, dont il est occupé:
Ici, la vérité doit tous deux nous conduire,
Et ce n'est point à nous de chercher à séduire.

Je

Je vous l'ai dit : je n'ai qu'un ſtérile deſir
D'obliger les humains & de les ſecourir.
Quel ſujet en ces murs auprès de vous m'appelle ?

CÉCILE.

Ce n'eſt point pour mon ame à ſes devoirs fidelle,
Et qui craignant ſon Dieu, s'abaiſſe devant lui,
Que mon zèle importun réclame votre appui :
C'eſt pour une compagne à la terre attachée,
Dont la honteuſe ardeur ne peut être cachée,
Qui porte à nos autels des éclats ſcandaleux,
Les révoltes d'un cœur indocile à ſes vœux ;
Qui s'enflamme d'un feu qu'elle devroit éteindre,
Qui meurt d'un fol amour..

THÉOTIME *avec un ſoupir.*

Elle eſt ſans doute à plaindre !

CÉCILE.

Je venois vous preſſer d'employer la terreur,
De menacer au nom d'un Dieu juſte, & vengeur ;
D'oppoſer ſon tonnerre au feu qui la conſume,
De lui montrer la foudre & l'enfer qui s'allume..

THÉOTIME.

Je lui préſenterai, plus ſûr de la gagner,
Un Dieu qu'on doit chérir, & qui ſçait pardonner.

CÉCILE.

Mon pere, vous croiriez ce moyen infaillible. .

THÉOTIME.

Reposez-vous sur moi. . *une pause.* sur une ame sensible,
Du soin de ramener à son joug oublié
Votre sœur malheureuse, & digne de pitié;
Je l'attens.

SCÈNE VI.

THÉOTIME *seul.*

QUEL orgueil! sa piété farouche
Se forme un Dieu cruel, qui tonne par sa bouche!
Ne verrons-nous jamais une sage union
Rapprocher la nature & la religion?
Haïra-t on sans cesse au nom du Dieu suprême?.
O malheureux humains!

SCÈNE VII.

THÉOTIME, MÉLANIE.

THÉOTIME.

Ma sœur, le ciel lui-même
S'apprête à vous entendre, à calmer vos ennuis..

MÉLANIE *avec modestie.*

Je connais ma faiblesse, & le peu que je suis;
J'ai besoin du secours de la faveur céleste;
L'homme toujours éprouve une guerre funeste;
Mon pere; je sçais trop qu'à nos sens attachés,
Nous sommes sur l'abîme incessamment penchés:
Mais le sort d'une sœur dont je ressens la peine,
Est aujourd'hui l'objet, qui devant vous m'amene;
C'est elle dont la voix vous demande en ces lieux;
Hélas! qu'elle vous doive un destin plus heureux!
Une sombre langueur se répand sur sa vie;
Je viens vous implorer pour cette sœur chérie,
Digne d'aimer un Dieu, qui voit couler ses pleurs:
Son cœur, né trop sensible, a fait tous ses malheurs.

C'eſt à vous d'éclairer, de conſoler ſon ame ;
D'élever ſes tranſports ſur des aîles de flamme,
Vers ce Dieu qui mérite & qui remplit nos vœux ;
Daignez lui préſenter la clémence des cieux ;
Mon pere, pardonnez, ſi ma main téméraire
Touche au flambeau ſacré, qui par vous nous éclaire :
Mais.. je connais ma ſœur ; facile à s'allarmer..

THÉOTIME.

Qu'elle eſpére en ce Dieu, que vous faites aimer.
De la religion voilà bien le langage !
Malheur au zèle impie, au cœur dur & ſauvage,
Qui ne pouvant chérir un Dieu plein de bonté,
Arme toujours le ciel contre l'humanité !

SCÈNE VIII.

EUPHÉMIE, THÉOTIME, MÉLANIE.

Euphémie a le voile baissé & s'avance avec timidité.

MÉLANIE *à Théotime.*

MON pere, la voici.. *Elle va au-devant d'Euphémie, lui donne la main, & fait avec elle quelques pas sur la scène.*

Venez, ma tendre amie;
Ne craignez point : le ciel vous rappelle à la vie;
Sa grace vous attend, ouvrez-lui votre cœur.
Nous possédons enfin ce saint consolateur;

Elle l'amène au-devant de Théotime.

Je vous laisse avec lui.. *en se retirant.* Remporte la victoire,
O mon Dieu; ce triomphe intéresse ta gloire.

SCÈNE IX.

THÉOTIME, EUPHÉMIE.

Euphémie paraît troublée ; elle est encore éloignée de Théotime, & a toujours son voile baissé.

THÉOTIME.

APprochez-vous, ma sœur ; qui pourroit vous troubler?
Mon devoir, mon penchant est de vous consoler,
De guérir vos erreurs, en partageant vos peines.
Hélas ! qui n'a connu les passions humaines ?
Qui n'a senti leurs maux, tous les chagrins cruels,
Suite des faux plaisirs, qui trompent les mortels ?

EUPHÉMIE *faisant quelques pas, & portant son mouchoir à ses yeux.*

Ah ! mon pere !

THÉOTIME.

Ma sœur, que ces troubles s'appaisent.
Confiez à mon cœur les ennuis qui vous pésent.
Plus d'une épouse sainte a comme vous gémi :
Épanchez vos douleurs dans le sein d'un ami.
Asseyez-vous.

EUPHÉMIE *reste un moment, & s'assied ensuite ainsi que Théotime ; leurs siéges sont à une certaine distance l'un de l'autre. Euphémie jette un profond soupir, & demeure quelques instants sans parler.*

Hélas ! par où commencerai-je ?
Vous me voyez, d'un Dieu l'épouse sacrilège,

Tour à tour embraſſant, repouſſant ſon autel,
Oppoſant à ſa chaîne un lien criminel,
Échauffant mes tranſports, contre moi révoltée,
Du crime au répentir tour à tour emportée,
Ne pouvant étouffer un ſentiment vainqueur,
Le voile ſur le front, &.. l'amour dans le cœur..

Elle dit ces derniers mots d'une voix baſſe.

THÉOTIME *troublé:*

L'amour.. *il ſe raſſure.* il faut le vaincre..

EUPHÉMIE.

Eh! donnez m'en la force.

THÉOTIME *continuant.*

Avec ſoi s'impoſer un éternel divorce:
Il faut que vers Dieu ſeul le cœur ſoit emporté.
Éloignons, un moment, la ſainte vérité,
Et n'empruntons ici que la faible lumiere
Qu'à nos regards préſente une raiſon groſſiere:
De cette paſſion, ſi féconde en malheurs,
Qui mène au précipice, en le couvrant de fleurs,
De l'amour.. ſi trompeur, examinons la ſuite:
Quel avenir attend l'ame qu'il a ſéduite?
L'intérêt, le parjure, un caprice odieux
Nous enlevent l'objet, qui fixoit tous nos vœux;

Sa voix ici est troublée.

Ou.. brûle-t-il pour nous d'une ardeur mutuelle :
Quel revers accablant ! la mort.. la mort cruelle
Nous ravit cet objet, que nous pleurons envain ;
A nos gémissements sourd.. insensible enfin...

Après une longue pause & avec précipitation.

C'est Dieu qu'il faut aimer, croyez-en Théotime.

EUPHÉMIE.

La sagesse du ciel, mon pere, vous anime :
Mais vous ne pouvez pas sçavoir ce que l'amour..

THÉOTIME *vivement.*

Je sçais..

Il se remet de son trouble, & changeant de ton.

Parlez, ma sœur : depuis quand ce séjour,
D'un trait si dangereux voit-il votre ame atteinte ?
L'amitié vous écoute : expliquez-vous sans crainte.

EUPHÉMIE *d'une voix traînante.*

Mon triste cœur.. nourrit ce feu depuis dix ans.

THÉOTIME *avec un soupir.*

Depuis dix ans !

EUPHÉMIE.

Ma flamme augmente avec le tems.
Envain pour me dompter j'unis toutes les armes ;
Envain je crie à Dieu, je mouille de mes larmes
Son temple, ses autels, cet affreux lit de mort,
D'où se leve avec moi le crime, le remord :

Je

Je porte cet amour jusques au sanctuaire !
En ce moment encore, à vos genoux, mon pere,
Plus que jamais, son trouble égare ma raison ;
Tous mes sens sont remplis de ce fatal poison.

Quatre lustres à peine avoient marqué mon âge :
J'aimois, j'étois aimée ; & qui m'offroit l'hommage
De son cœur, de sa main, du sort le plus flatteur,
De l'amour le plus tendre & le plus enchanteur ?
Un mortel.. des humains le plus parfait peut-être ;
Avec tous ses présents, le ciel l'avoit fait naître ;
Aimable, vertueux, digne d'être adoré..

THÉOTIME *vivement.*

Que dites-vous, ma sœur ? par l'amour égaré,
Votre cœur..

EUPHÉMIE.

Est toujours rempli de cette image ;
Je voudrois.. ô mon Dieu, malgré moi je t'outrage..
De l'hymenée enfin les flambeaux s'allumoient ;
Déjà ses chastes nœuds aux autels se formoient ;
Ils alloient nous unir : une main.. qui m'est chere,
Rompt ces nœuds, nous sépare & comble ma misere ;
Me traîne daus le cloître, y cache mon destin ;
De ce tombeau je sors, & j'y rentre soudain ;

J'y rentre, pour jamais n'être au monde rendue,
Pour nourrir les douleurs d'une amante éperdue,
Pour expirer en proye à de ſombres fureurs.
On m'avoit dit, hélas! que l'objet de mes pleurs,
Que tout ce que j'aimois n'étoit plus.. il reſpire,
Voit ce jour, qui bientôt va ceſſer de me luire,
Mon pere, & je devrois.. je devrois moins ſouffrir..
Mes tourments.. c'en eſt fait.. je ne puis.. que mourir.
Non, je ne puis me vaincre, effacer de mon ame
Cette image gravée avec des traits de flamme;
Non, je ne puis haïr, déteſter mes forfaits;
O mon pere.. *en pleurant.* je l'aime encor plus que jamais.

Euphémie a la tête baiſſée ſur ſes deux mains jointes.

THÉOTIME.

Que je reſſens vos maux, ô chere infortunée!
Ah! je dois compatir à votre deſtinée;
Si vous ſçaviez.. moi-même ainſi que vous troublé..
Dans mon cœur.. dans mon cœur vos larmes ont coulé.
Oui, je pleure avec vous; j'appris trop à vous plaindre.
Triſte reſſouvenir, c'eſt à moi de vous craindre!
Je m'égare, ma ſœur.. il nous faut ſurmonter
Cette compaſſion, qui pourroit vous flatter;
La voix de mon devoir à regret vous découvre
Cet abîme effrayant, qui ſous vos pas s'entr'ouvre:

Rejettez cet amour, ſource de tant d'erreurs,
Dont les plus doux tranſports ſont même des fureurs;
Il eſt crime ſouvent, preſque toujours faibleſſe:
Il eſt pour vous l'excès d'une coupable ivreſſe.
Ma ſœur, je vous l'ai dit: Dieu ſeul doit entraîner
Nos penchants, nos eſprits, lui ſeul nous dominer,
Nous détromper enfin des menſonges du monde;
Sur Dieu ſeul, le bonheur, le pur amour ſe fonde,
Et vous, vous ſon épouſe, au pied de ces autels,
Vous traînez le parjure & des liens mortels!

Il lui montre l'autel.

Ce tabernacle ſaint, où Dieu même repoſe;
Ce voile, ce bandeau, tout contre vous dépoſe;
Ces murs, ces murs témoins du trouble où je vous vois,
Tout, pour vous accuſer, ſemble élever la voix;
Tout va porter aux cieux, vos larmes, votre honte;
Ce Dieu, ce Dieu jaloux, il vous demande compte:
Il lève ſa balance, y pèſe ſes bontés,
Vos chûtes, vos refus, vos infidélités;
Que lui répondrez-vous?

EUPHÉMIE *troublée.*

Arrêtez, ô mon pere;
Pour appaiſer le ciel, dites, que faut-il faire?
Je me ſoumets à tout.

THÉOTIME *avec attendrissement.*

Oublier cet objet..

EUPHÉMIE.

L'oublier!

THÉOTIME.

Effacer jusques au moindre trait
D'une image trop chere à votre ame attendrie,
Éloigner, en un mot, à Dieu seul asservie,
Tout ce qui peut flatter un penchant dangereux,
Et trahir vos efforts dans ce combat douteux.

EUPHÉMIE.

Quoi! du monde & des sens pour jamais séparée,
Sur les bords du tombeau, de mes pleurs enivrée,
Je ne pourrois garder, sans offenser les cieux,
De faibles monuments d'un amour malheureux!.

THÉOTIME *d'un ton touchant.*

Le moindre souvenir est un crime, sans doute.

EUPHÉMIE *avec noblesse & chaleur.*

Je ne veux point tromper ce Dieu qui nous écoute.
Eh bien! cruel.. Mon pere, arrachez-moi le cœur.

Elle met la main dans son sein.

Voici ces monuments.. de la plus vive ardeur,

Des lettres chaque jour de mes pleurs arrosées,
Dans mon sein.. dans mon ame en secret déposées,

Elle tire de son sein un paquet de lettres qu'elle tient à la main.

D'un trop fatal amour cher & seul aliment..
Il faut donc tout m'ôter, tout, combler mon tourment.

Donnant les lettres.

Les voici : c'est envain que je les sacrifie :
Ecrites dans mon cœur.. ah ! j'en perdrai la vie.
N'importe. Mon trépas, ciel, va te désarmer !
Lisez, voyez, jugez si je devois aimer..

Pendant ces derniers vers, Théotime jette la vue sur les lettres & tombe sans connaissance.

Vous ne répondez point.. parlez.. mon ame émue..

Elle lève son voile.

Mon pere .. Dieu ! la mort sur son front répandue ..
Dieu, le puniriez-vous de sentir mes malheurs ?

Elle court à lui.

Secourons-le.. *Dans ce moment, Théotime a la tête entierement hors de son habillement.*

Sinval ! je ne puis .. je me meurs.

Elle va tomber à son tour évanouie sur sa chaise.

THÉOTIME *revenant à lui par degrés, ouvre enfin les yeux, les tourne sur Euphémie, & court se jetter avec précipitation à ses pieds, en lui prenant la main qu'il arrose de ses larmes.*

Constance m'est rendue ! ô ma chere Constance !
Je suis à tes genoux ! *avec fureur.* Que le ciel s'en offense :

Tous mes ferments, mes vœux, mes liens font rompus.
O ma religion.. je ne la connais plus..

EUPHÉMIE *reprenant ses sens.*

Sinval! c'eſt vous, Sinval!. *elle retombe dans son accablement.*

THÉOTIME *toujours à ses genoux.*

Oui, c'eſt moi qui t'adore,
Que l'amour, la douleur, depuis dix ans dévore;
C'eſt moi, qui n'ai ceſſé d'aimer, de te pleurer;
C'eſt moi..qui veux dumoins à tes pieds expirer.

EUPHÉMIE.

En jettant les yeux de tous côtés.

Ah! Sinval!. dans quels lieux le deſtin nous raſſemble!
Ne pouvant être à nous..ah!. nous mourrons enſemble.

THÉOTHIME.

Non, tu ne mourras point.. tu vivras.. tu vivras
Pour me voir adorer tes vertus, tes appas..

EUPHÉMIE.

Que dis-tu, malheureux? quelle erreur nous égare?
Regarde, tremble, & vois tout ce qui nous ſépare.

THÉOTIME *se relevant avec précipitation.*

Nous ſerons réunis.. *rapidement.* Sans pouvoir t'oublier,
Au miniſtère ſaint j'ai couru me lier.

Sur la foi d'un récit infidèle & funeste ;
J'ai pu former des vœux. . des vœux que je déteste :
Mais mon premier serment, mon vœu le plus sacré
Ont été de t'aimer. . & je les remplirai.

EUPHÉMIE *se levant.*

Nous! aimer! nous! brûler d'un feu si condamnable!
Eh! quel est ton dessein?

THÉOTIME *avec toute la fureur de la passion.*

D'être encor plus coupable,
De rompre tous ces fers, dont je suis enchaîné,
De rapporter un cœur vers toi seule entraîné,
D'exciter ton courage à briser tes entraves,
A laisser dans ces murs gémir tes sœurs esclaves,
De t'arracher d'ici, de traverser les mers,
De voler, s'il le faut, au bout de l'univers,
De chercher, de trouver quelque lointain rivage,
Un rocher escarpé, l'antre le plus sauvage,
Où loin de ces humains, dégradés par leurs loix,
De l'homme naturel reprenant tous les droits,
Content de t'adorer, de consacrer ma vie
A ce pur sentiment dont mon ame est remplie;
Je puisse, maître enfin de mon sort, de mes goûts,
A la face du ciel m'avouer ton époux.

Vivement.

Oui, nous ferons unis par la vérité même :
L'hymen, n'en doute point, eft une loi fuprême.
Eh ! pourroit-il déplaire aux yeux de l'Eternel ?
C'eft un traité facré ; c'eft l'ouvrage du ciel,
Le feul qui foit vainqueur de l'humaine impofture,
Et c'eft le premier vœu qu'ait formé la nature.
Elle nous prêtera fes bienfaifants fecours.
Nous n'aurons pas befoin, pour foutenir nos jours,
D'aller folliciter la pitié languiffante ;
Laiffons à ces cœurs durs leur richeffe infultante :
Nous vivrons fans rougir ; nous vivrons fans remords ;
J'aime : de mon courage attends tous les efforts.
Il n'eft point d'état vil pour le mortel qui penfe ;
C'eft dans le crime feul qu'eft l'abjecte éxiftence.
Sous mes mains.. fous mes pleurs la terre s'ouvrira ;
En ta faveur la terre à mes foins répondra.
Dieu, qui verra nos ans couler fous fes aufpices,
De nos fimples travaux recevra les prémices.
Plus tendres, plus heureux, plus zèlés chaque jour,
Nous bénirons ce Dieu dans notre chafte amour ;
Nos enfants rediront notre hommage fincère ;
Ils apprendront de nous à l'aimer comme un pere ;
Nous ne l'offenfons point ce maître de nos cœurs,
Qui fans doute a nourri d'innocentes ardeurs.

Avant

Avant que l'hymenée eut fait briller sa flamme,
Un penchant mutuel t'avoit soumis mon ame.

Après un instant de silence.

Dieu, j'ose à cet autel attester ta grandeur:
Voilà, j'en fais serment, *il met une de ses mains sur l'autel, & de l'autre, prend celle d'Euphémie.*
l'épouse de mon cœur,
Celle à qui pour jamais, l'honneur, le ciel m'engage.

A Euphémie.

Suis-moi.

EUPHÉMIE *s'arrêtant.*

De Théotime est-ce-là le langage ?

THÉOTIME.

C'est celui de Sinval.. d'un amour furieux.

EUPHÉMIE.

Que me proposes-tu ?

THÉOTIME.

Le bonheur de tous deux.

EUPHÉMIE.

Notre honte. Est-ce à moi, qui meurs de ma tendresse,
De sauver ta vertu d'une indigne faiblesse,
De rappeller tes pas dans le crime engagés,
D'offrir à tes regards nos devoirs outragés ?
Sors de ces lieux. *Elle fait quelques pas pour se retirer.*

THÉOTIME *la suivant.*

Écoute..

EUPHÉMIE.

Ah ! fuis loin de ma vue.

THÉOTIME *la suivant.*

Tu m'entendras . .

EUPHÉMIE.

Va, pars, fuis . . mon ame éperdue . .

Pourrois-tu m'exciter à briser mes liens ?
Non, que tes yeux jamais ne s'ouvrent sur les miens ;
Que de tes pas ici disparaisse la trace !
Que de mon souvenir ton nom même s'efface !
Cher amant . . qu'ai-je dit ? il faut nous séparer ;
Fuis, laisse-moi mourir, &.. vis pour me pleurer.

Elle fait quelques pas, s'arrête.

Laisse-moi . . sois d'un Dieu le ministre suprême.

THÉOTIME.

Dussé-je être frappé du céleste anathême !

Euphémie s'avance vers le fond du théâtre.

Je ne te quitte point. *Il va à elle avec fureur.*

EUPHÉMIE.

Quel aveugle transport !

Que veux-tu, malheureux ?

THÉOTIME *la suivant toujours.*

Ou Constance, ou la mort.

La toile tombe.

Fin du second Acte.

ACTE III.

Le rideau se lève. Le théâtre représente un caveau funéraire, tel qu'il en existe encore dans nos anciennes églises. On voit plusieurs tombeaux de forme différente, quelques-uns ruinés par le tems; des sépulchres entr'ouverts, dont les pierres sont à moitié brisées; les murs chargés d'épitaphes; à un des côtés du théâtre, un escalier autour duquel régne une balustrade de pierre; vis-à-vis de l'escalier, une voûte souterraine à perte de vue; à l'extrémité du caveau, on apperçoit encore d'autres tombeaux, des colonnes surmontées d'urnes qui sont l'emblême de l'éternité; il y a une de ces colonnes sur le devant du théâtre. On observera que les tombeaux sont dans les côtés, qu'ils ne dérobent rien de l'action au spectateur, & qu'elle se passe au milieu de la nuit.

SCÈNE PREMIERE.

EUPHÉMIE *seule.*

Elle paraît sur le perron de l'escalier, une lampe à la main, dans une extrême agitation, regarde de tous côtés, lève les yeux au ciel, s'avance en tremblant, descend quelques degrés, lève encore les yeux au ciel, s'appuie comme accablée de douleur la main, & ensuite la tête sur la balustrade, déchirée par de grands mouvements, fait des efforts pour remonter, tombe avec un gémissement à la seconde marche, demeure quelques momens dans cette situation douloureuse, se relève, continue de descendre avec le même trouble, & fait quelques pas sur la scène.

De lugubres horreurs.. de tombeaux entourée,
A chaque pas tremblante.. incertaine.. égarée..

Emportant avec moi les enfers, le remord ;
Je marche. . à la lueur. . du flambeau de la mort. ;

Elle fait quelques pas.

Que sa barbare main ne m'a-t-elle frappée !

Elle pose sa lampe sur un tombeau de forme carrée ; Euphémie y appuye pendant quelques moments les deux mains & la tête, ensuite la relève, laissant une de ses mains sur le tombeau, & tournant ses regards vers le ciel.

O Dieu ! quelle promesse à ma bouche échappée,
Qu'ai-je dit ? à mon cœur ! mon cœur l'a pu former,
Et je respire encor ! Dieu ! j'ai promis. . d'aimer,
De trahir..tous mes vœux! Aujourd'hui, dans une heure,
Je comble mes forfaits ! je fuis cette demeure !
Sinval, *elle tourne les yeux vers le souterrain.*
Par ce détour, découvert à mes yeux,
Et qui secretement conduit hors de ces lieux,
Au milieu de la nuit, à la faveur des ombres,
Près de moi, doit se rendre en ces retraites sombres ;
Au cloître, à mon état, à Dieu trop méconnu,
M'enlever.. pour jamais.. & l'instant est venu !
A ce terme fatal, mon ame s'épouvante ;
Transfuge des autels, je ne suis plus qu'amante ;
Ma main, trop lente au gré d'une coupable ardeur,
Est prète à rejetter de mon front sans pudeur
Ce voile, ce bandeau, garants d'une foi pure,
Pour y substituer l'appareil du parjure,

Tous les ſignes du monde, & d'un art ſuborneur,
Monuments de mon crime, & de mon deshonneur!
De climats en climats étrangere, avilie,
Je m'expoſe au malheur, qui ſuit l'ignominie,
Au ſort de l'apoſtat, à la néceſſité
D'abjurer mon pays, mon nom, la probité,
Que ſçais-je? Dieu lui-même.. A mes fureurs livrée,
J'abandonne en ces murs, fille dénaturée,
Ma mere, dont mes ſoins, dont mes faibles ſecours
Conſoloient l'infortune, & ſoutenoient les jours;
Je la laiſſe expirer de douleur.. de miſere..

Elle quitte le tombeau avec vivacité, & vient au milieu du théâtre.

Qui peut trahir ſon Dieu, peut bien trahir ſa mere.
Non, je n'oublierai point mes ſerments, mon devoir:
Sur Euphémie, ô Dieu, reprens tout ton pouvoir;
Triomphe de Sinval, triomphe de moi-même;
O ciel! acheverai-je? &.. ſois le ſeul que j'aime;
Ceſſe de m'éprouver par des combats nouveaux;
Eſt-ce à toi, Dieu puiſſant, de craindre des rivaux?
Détruis, anéantis l'amante criminelle,
Et ranime la foi de l'épouſe fidelle;
Que le profane amour cède à l'amour ſacré,
Ou qu'enfin ſous ton bras je meure..

Avec force.

Je mourrai.

Il m'eſt aiſé de perdre un vain reſte de vie :
Mais perdre mon amour, Sinval! que je t'oublie!
Que mon cœur ſe refuſe au deſtin ſi flatteur
De vivre pour toi ſeul, de faire ton bonheur,
De t'aimer, toujours plus!. non, il n'eſt pas poſſible.
Sois encor plus ſévere, ô Dieu, plus infléxible;
Redouble mon ſupplice; arrache-moi le jour :
Tu ne ſçaurois détruire un malheureux amour.

Elle va au milieu de la ſcène en ſe joignant les mains, & les levant enſuite vers le ciel.

Ah! femme trop coupable, où t'emporte l'ivreſſe
De cet amour, qu'attend la foudre vengereſſe?
Dieu, dis-tu, ne ſauroit vaincre ces mouvements,
Ces tranſports criminels, qui ſoulèvent tes ſens :
Las d'un ſervice ingrat, Dieu t'a congédiée;
Pour ſon épouſe enfin, Dieu t'a répudiée;
Il n'eſt plus que ton maître, un juge courroucé,
Et ton arrêt de mort eſt déjà prononcé.
Arrête, Dieu terrible.. *avec attendriſſement.*
Hé quoi! ſans qu'il t'offenſe,
Le cœur ne peut jouir de ſa faible exiſtence,
S'ouvrir au doux plaiſir d'aimer, & d'être aimé!
L'amour y fut, hélas! de ton ſouffle allumé;
Oui, tu créas l'amour, pour eſſuyer nos larmes,
Pour conſoler la vie, & lui prêter des charmes;

Tout annonce l'éclat de la Divinité,
Sa grandeur.. & l'amour fait ſentir ſa bonté.
Soumiſe à ton pouvoir, j'adore ici mon maître;
L'épouſe de Sinval t'eut mieux aimé peut-être..

Elle fait quelques pas.

Malheureuſe! pourſuis, oſe inſulter aux cieux..
Triſte jouet d'un cœur, égaré dans ſes vœux,
Je n'ai plus de raiſon; je me cherche & m'ignore..

Elle va vers le ſouterrain.

Sinval dans ces tombeaux ne paraît point encore!

Elle revient vers le tombeau.

Ah! qu'il ne vienne point.. qu'il me fuye.. à jamais..
Qu'il me fuye.. eſt-il vrai? ſont-ce-là mes ſouhaits?
Ne plus revoir Sinval! ô devoir! ô tendreſſe!
O Sinval! ô mon Dieu! je retombe ſans ceſſe;
Dans ces affreux combats je ne me ſoutiens plus,
Et ma faibleſſe cède à mes ſens éperdus.

Elle tombe accablée ſur une des marches du tombeau, les deux bras étendus ſur elle.

SCÈNE II.

EUPHÉMIE, THÉOTIME. *On le voit venir de très-loin dans le détour, & approcher avec tous les signes de l'inquiétude; il avance, & jette ses regards de tous côtés; la scène est toujours faiblement éclairée.*

THÉOTIME.

Mes regards inquiets cherchent envain Constance!
Qui peut la dérober à mon impatience?

Il l'apperçoit sur les marches du tombeau, & court à elle.

Que vois-je? en quel état!.

EUPHÉMIE *comme revenant d'un profond accablement.*

Ah! Sinval, est-ce vous?

THÉOTIME *vivement.*

C'est moi, c'est ton amant, c'est ton fidèle époux;
Qui ferme pour jamais la source de tes larmes;
Pourquoi ce trouble affreux, dans ces moments de charmes?

EUPHÉMIE *regardant Sinval avec attendrissement.*

Pourquoi, Sinval?

THÉOTIME *lui tendant la main.*

Quittons un séjour détesté:
Tout est prêt.

EUPHÉMIE.

EUPHÉMIE *avec trouble.*

Tout est prêt !

THÉOTIME *vivement.*

Reprens ta liberté ;
Lève-toi. *Il la relève.*
Suis mes pas ; des amis nous attendent ;
Lui prenant la main.
Songe que mon bonheur, que mes jours en dépendent :
Ne tardons point..

EUPHÉMIE *appuyée sur le tombeau, & regardant Sinval avec des larmes.*

Sinval..

THÉOTIME.

Tu pleures ! tu gémis !
Tu repousses ma main ? . ne m'as-tu point promis ?

EUPHÉMIE.

J'ai promis.. de mourir.

THÉOTIME.

Maîtresse de mon ame ;
Tu ne brûlerois plus de ce feu qui m'enflamme !
Tu ne m'aimerois plus !

EUPHÉMIE.

Ah ! cruel ! ah ! Sinval !

Cher amant.. *le regardant avec un attendrissement marqué.*

Un Dieu seul peut être ton rival.

THÉOTIME.

Que veux-tu dire ? hé quoi ! n'es-tu pas mon épouse ?

EUPHÉMIE *a quitté le tombeau.*

Je suis celle d'un Dieu dont la grandeur jalouse
Me défend pour jamais d'être à d'autre qu'à lui.

THÉOTIME *au désespoir.*

Par quelle main ce Dieu me foudroye aujourd'hui !
De quoi me parles-tu ? de nœuds que l'artifice,
Que la trahison même unie à l'injustice,
Que l'erreur t'a contrainte à serrer malgré toi.
Avant que d'être à Dieu, tu m'as donné ta foi ;
Ose me démentir.

EUPHÉMIE.

Il est vrai, l'hymenée
A ton sort promettoit d'unir ma destinée :
Mais, réponds : si Constance, entraînée aux autels,
D'un autre avoit reçu les serments solemnels ;
Si l'on m'avoit forcée à devenir sa femme,
A lui porter ma main, que ton amour réclame ;
Si le devoir enfin m'eût soumise à ses loix,
Pour rompre cet hymen, parle : aurois-tu des droits ?

THÉOTIME *avec fureur.*

Les mieux fondés, les droits d'une prompte vengeance.
Tout devient légitime à l'amour qu'on offenſe ;
De cent coups de poignards, & juſques dans ton cœur,
Ma rage auroit percé celui du raviſſeur..
Mais ce Dieu que j'adore, & que pour mon ſupplice,
De ſes crimes la terre a rendu le complice,
Ce Dieu que le menſonge & la crédulité
Font ſervir de prétexte à leur férocité,
Au gré de leur caprice indulgent ou ſévère,
Il voit du haut des cieux, il voit avec colère,
Tous ces humains groſſiers lui prêter leurs erreurs ;
Conſacrer de ſon nom leurs ſtupides fureurs ;
Non, jamais l'Eternel n'a forgé ces entraves,
Ce joug ſous qui s'abaiſſe un vil peuple d'eſclaves ;
Sa bonté, ſa grandeur de ces fers ſont bleſſés ;
Un volontaire hommage, & non des vœux forcés,
Voilà le ſeul tribut que la raiſon lui donne,
Voilà le pur encens, qui s'élève à ſon thrône.

Rapidement.

Ingrate, c'étoit lui, ce Dieu ſi bienfaiſant,
Qui m'amenoit vers toi dans cet heureux inſtant ;
Qui briſoit tes liens, qui terminant nos peines,
En des nœuds enchanteurs changeoit d'horribles chaînes,

Me nommoit ton époux, m'appelloit dans tes bras,
Ordonnoit notre hymen.. tu ne m'écoutes pas;
Tes yeux couverts de pleurs.. *avec tendresse.*
O maîtresse adorée,

Il lui prend la main.

Chère épouse, suis-moi.. mon ame est déchirée;
Ne me résiste plus; n'attendons point le jour;
Jette-toi dans mon sein; fuyons de ce séjour;
Fuyons.. *Euphémie le quitte, va s'appuyer à la colonne funéraire qui est sur le devant du théâtre; Théotime l'y suit.*
Hé quoi! toujours à mes desirs rebelle.

Il revient au milieu de la scène.

Tu ne m'aimas jamais! il falloit donc, cruelle,
Il falloit me montrer, sans nul déguisément,
Ce cœur, qui peut jouir de mon affreux tourment;
Il falloit t'opposer au penchant qui m'entraîne,
Combattre mon projet, satisfaire ta haine,
T'applaudir de ces nœuds, que l'enfer a tissus,
Oser me dire enfin.. que tu ne m'aimois plus,
Que tu me laisserois une vie odieuse,
Que tu voulois ma mort.. la mort la plus affreuse..

Avec attendrissement.

Ah! Constance, & ces coups.. *en pleurant.*
Ils partent tous de toi!

EUPHÉMIE *revenant à Sinval avec précipitation.*

Écoute, cher amant.. Sinval, écoutez-moi;
N'attends pas que jamais Conſtance diſſimule.
Cédant à ma tendreſſe, à ce feu qui me brûle,
Oui, j'avois tout promis; je ne le cache pas;
Oui, je t'immolois tout; je volois ſur tes pas;
Inſenſible aux dangers, aux menaces de l'onde;
Je te ſuivois par-tout, juſqu'aux bornes du monde;
Je portois mon amour aux plus ſombres déſerts:
Avec toi partagés, ils me devenoient chers;
Je te ſacrifiois mon repos, ma patrie,
Mes ferments, mon devoir, ma déplorable vie;
Mon honneur, mille fois préférable à mes jours;
Tout, en un mot ce Dieu que j'offenſe toujours;
Pour combler mon ſupplice, en ce moment encore
Plus que jamais, Sinval, je t'aime, je t'adore;
Je le dis à ces lieux par la mort habités,
A ce ciel dont j'entens les foudres irrités...
Prête à tomber enfin ſur les bords de l'abîme,
Mes yeux ſe ſont ouverts, & j'ai vu.. tout mon crime.
Tu t'élèves envain contre ces nœuds ſacrés,
Par la religion, par la loi conſacrés:

Avec nobleſſe.

Sois mon juge, Sinval; j'en appelle à toi-même;
Prononce; oſe oublier que mon arbitre m'aime;

Ose écarter l'amour de tes sens prévenus ;
Consulte ta raison, & dix ans de vertus,
Dix ans, qu'un jour peut-être, un instant va détruire ;
L'équité te conduit ; la probité t'inspire ;
Parle : j'ai contracté, Sinval, avec un Dieu ;
Un Dieu même a reçu ma parole, & mon vœu,
Sinval ; & tu voudrois que malgré ma promesse,
Malgré tous mes serments, que je démens sans cesse,
Ma lâche trahison m'arrachant à l'autel,
Rompît ouvertement ce contrat solemnel !

Elle fait quelques pas, en regardant le ciel.

Le crime est digne assez, grand Dieu, de ta colere,
D'apporter dans ton temple un hommage adultère,
De nourrir dans mon sein des parjures secrets,
Sans ajoûter encor l'audace à mes forfaits ;
Non, ne t'en flatte pas, Sinval ; ma perfidie
Respectera dumoins la chaîne qui me lie ;
Je sçaurai m'y soumettre, attendant que le ciel
Etouffe dans mon cœur un feu trop criminel,
Y dompte ton image, ou que la mort plus prompte
Vienne dans mon cercueil ensevelir ma honte.

Si Constance t'est chere, ose donc l'imiter ;
Renferme ton ardeur ; cherche à te surmonter ;
A nos propres regards méritons notre estime ;
Rappelle ta vertu ; montre-moi Théotime ;

Ce nom t'inſtruit, Sinval, de ton devoir, du mien :
Tous deux ils t'ont parlé. Je n'écoute plus rien ;
Je dois, ſans doute, à Dieu cette force ſuprême ;
Je pourrois retomber.. ſauve-moi.. de moi-même.

Pendant tout ce couplet, Théotime donne divers ſignes d'agitation.

Ah ! Sinval, qu'ai-je dit ? . je connais mon amour.

Elle s'avance vers le ſouterrain.

Va.. ſéparons-nous, fuis par ce même détour
Qui ta vu.. pour ma honte en ces lieux t'introduire..
Laiſſe-moi ſur mon cœur conſerver cet empire..
Adieu..

THÉOTIME *montrant ce ſouterrain ; & parcourant le théâtre avec une ſombre fureur.*

Ce n'eſt pas là, barbare, mon chemin.

Il revient ſur ſes pas.

EUPHÉMIE.

Que dis-tu ? répons-moi.. quel ſeroit ton deſſein ?

Il parcourt le devant de la ſcène, & Euphémie le ſuit.

Tes regards enflammés ! . eh ! que prétends-tu faire ?

Il va du côté de l'eſcalier ; elle court à lui.

Ah ! Sinval ! où vas-tu ? .

THÉOTIME *ſe retournant.*

Je vais.. te ſatisfaire.

EUPHÉMIE.

Quoi ? .

THÉOTIME *avec impétuosité.*

C'eſt peu que Sinval expire de tes coups ;
Le trépas te paraît un ſupplice trop doux ;
Ta cruauté demande un plus grand ſacrifice :
Tu veux que, ſans mourir, ſur moi je réuniſſe,
Les maux les plus affreux, tous les fléaux divers,
Une éternelle mort, les tourments des enfers ;
Tu connais les tranſports de ces ames ſacrées,
Et d'encens & de fiel à la fois enivrées..
Je vais m'abandonner à toutes leurs fureurs,
Sécher dans des cachots inondés de mes pleurs,
Chaque jour y maudire une horrible éxiſtence..
De ces antres profonds, creuſés par la vengeance,
Puiſſent mes cris perçants juſqu'à toi retentir,
Te troubler, t'arracher un trop vain repentir !
Oui, pour les épuiſer ces châtiments terribles,
Je vais porter mon cœur, à ces cœurs infléxibles ;
Par un aveu ſincère allumer leur courroux,
Contre moi les armer au nom d'un Dieu jaloux ;
Le cloître, dont le zèle éxige des victimes,
Le cloître va ſçavoir mes erreurs, tous mes crimes ;
Il ſçaura que j'ai pris pour la religion,
Pour de ſaints mouvements, mes feux, ma paſſion,

Que

Que, lorſqu'à Dieu j'ai cru rendre un fidèle hommage,
C'étoit toi, c'étoit toi dont j'adorois l'image;
Que Sinval de tes fers a voulu t'affranchir;
Qu'à tes pieds gémiſſant, il n'a pu te fléchir;
Qu'une ame ſans pitié, barbare, eſt ton partage;
Que.. je meurs de douleur, de déſeſpoir, de rage;
Et j'y cours.. *Il va du côté de l'eſcalier.*

EUPHÉMIE *voulant le retenir.*

Ah! Sinval, arrête..

THÉOTIME *marchant toujours.*

C'eſt en vain.

EUPHÉMIE *le ſuivant.*

Arrête..

THÉOTIME.

Laiſſe-moi..

EUPHÉMIE.

Tu me perces le ſein!
Eh! cruel, eſt-ce à toi d'augmenter mes allarmes?

Elle ſe jette avec précipitation à ſes pieds.

Vois Conſtance à tes pieds, les baigner de ſes larmes;
Demeure..

THÉOTIME *la relevant.*

De tes pleurs tu ſçais trop le pouvoir.

Il la regarde avec tendreſſe.

Conſtance.. j'obéis.. *Il fait quelques pas en revenant ſur la ſcène.*
Mais remplis mon eſpoir..

Il ſe jette à ſes pieds.

C'eſt moi dont la douleur, c'eſt moi dont la tendreſſe
Embraſſe tes genoux, te conjure, te preſſe..

Épouſe de mon cœur, ne me refuſe pas;

Il ſe relève avec vivacité, la ſerre dans ſes bras.

Viens, ſortons de ces lieux, précipitons nos pas.

EUPHÉMIE *en pleurant,*

Que veux-tu?

THÉOTIME.

Mon bonheur.

EUPHÉMIE.

Ma mort.

THÉOTIME.

Ah! dis la mienne;

Si tu tardes encor.. *Il entraîne Euphémie vers le détour.*

EUPHÉMIE.

Je me ſoutiens à peine.

Pour mes ſens déſolés, quels combats! quel tourment!

A Théotime.

O ma religion.. je me meurs.. un moment;

Sinval, écoute-moi: *elle s'arrête.*

Sçais-tu que la miſère,

Le chagrin dans ces murs ont amené ma mère?

THÉOTIME *avec ſurpriſe & indignation.*

Ta mere! ici! quel nom!. l'auteur de tous nos maux!

EUPHÉMIE *avec attendriſſement.*

Sinval! elle a repris des ſentiments nouveaux;

Sinval! elle eſt ma mère.. hélas! par notre fuite,

Au malheur, au beſoin elle ſe voit réduite.

THÉOTIME *s'est arrêté avec Euphémie.*

Tu parles de parents à ton amant. . à moi,
Qui n'adorai jamais, n'idolâtrai que toi!
Ah! tu n'as pas mon cœur: la mere de Constance
Ne doit point éprouver l'horreur de l'indigence.
Malgré les bords lointains qui nous sépareront,
Sur son adversité nos secours s'étendront,
Et. . *Il entraîne une seconde fois Euphémie.*
Partons. L'heure fuit; sous ces voûtes funèbres;
J'apperçois s'éclaircir, & tomber les ténèbres.

EUPHÉMIE.

Trahir. . non. . je ne puis. . *Elle tombe sur ses genoux, les mains levées vers Théotime, comme pour le prier.*

THÉOTIME.

Ne crois plus me toucher;
De ces lieux, malgré toi, je sçaurai t'arracher . .

Il la soulève avec violence & marche vers le souterrain.

EUPHÉMIE *éplorée.*

Que fais-tu, malheureux?. Sinval. . mon Dieu!. j'expire!. .

Son voile est en desordre.

Sous tes coupables mains, mon voile se déchire!.
Arrête. . ciel! ô ciel!. la terre m'engloutit!

Une des tombes qui sont sur la scène, s'ouvre sous les pas d'Euphémie; la pierre se brise, & roule avec bruit. Euphémie est entraînée dans la chûte; & se trouve à moitié engloutie dans ce sépulchre. La Comtesse d'Orcé paraît sur l'escalier, un flambeau à la main, & conduite par Mélanie.

SCÈNE III.

EUPHÉMIE, THÉOTIME, MÉLANIE, LA COMTESSE D'ORCÉ, CÉCILE.

MÉLANIE *appercevant Sinval.*

THÉOTIME !

LA COMTESSE D'ORCÉ *laissant échapper le flambeau de ses mains, & tombant dans les bras de Mélanie.*

Sinval !

CÉCILE *ouvrant une porte qui donne dans le caveau, recule d'étonnement. Euphémie & Théotime sont frappés de terreur, & cet état les empêche d'appercevoir les autres personnages.*

EUPHÉMIE *à peine revenue de son accablement.*

Enfin, Dieu me punit;
Je tombe sous son bras; c'est ici qu'il m'appelle;
C'est ici qu'il détruit ma substance mortelle,
Qu'il a marqué le terme à mes égarements,
Que vont rouler pour moi des siècles de tourments,
L'éternité.. terrible à mes regards offerte;
Ici, j'attends la mort.. & ma tombe est ouverte.

Théotime veut la rélever : elle le repousse avec indignation.

Homme trop criminel, va, fuis loin de ces lieux,
Et puisse mon trépas te dessiller les yeux!

N'as-tu point dans cette ame, à mon repos fatale,
Entendu retentir la pierre ſépulchrale?
N'as-tu point vu ce Dieu la briſer ſous mes pas?
Lui-même eſt accouru m'arracher de tes bras;
Dans ce tombeau, lui-même il m'a précipitée;
Aux pieds de ſa juſtice, il m'a déjà citée;
Il t'y traîne avec moi; ne crois pas échapper
A ſon glaive.. il menace, il s'apprête à frapper;
Son flambeau te pourſuit à travers ces ténèbres;
Lis ton arrêt écrit ſur ces marbres funèbres..
La foudre approche, éclate.. elle fond ſur nous deux;
L'enfer s'ouvre.. ô Sinval, quels fantômes hideux!
Des ſpectres agités errent dans ces lieux ſombres;
Sous le même linceul, je vois un peuple d'ombres;
Tous les morts, réunis dans ces murs pleins d'effroi,
Du fond de leurs tombeaux s'élevent contre moi;
Ils m'entraînent!. je vais auprès de vous m'étendre,
A vos triſtes débris mêler ma froide cendre;
Par vos accents plaintifs ceſſez de m'accuſer.
La colère du ciel ne ſçauroit s'appaiſer!
O maître des humains, qu'ont laſſé mes offenſes,
Sur moi ſeule répans la coupe des vengeances;

Avec attendriſſement.

De Sinval, ô mon Dieu, détourne ton courroux,
Et qu'un remords heureux le dérobe à tes coups!

En se retournant, elle apperçoit la Comtesse.

Ah ! ma mere, c'est vous que ma faiblesse implore.
Oui, vous voyez Sinval, pour qui je brûle encore,
Ma mere ; en ce moment, j'allois.. j'allois vous fuir,
Infidèle à mes vœux, les rompre, les trahir..
De cet asyle saint je marchois vers l'abîme,
Et j'engageois Sinval à partager mon crime ;
Je l'entraînois.. un Dieu, trop lent à se venger,
Dans cette tombe enfin est venu me plonger..
J'y veux mourir. *Elle se jette sur la tombe & l'embrasse avec emportement.*

LA COMTESSSE D'ORCÉ.

O ciel !

THÉOTIME *à la Comtesse.*

Vous voyez votre ouvrage !

Tous les personnages restent pendant quelque temps dans un silence profond.

EUPHÉMIE *se relevant avec fureur, & jettant les yeux sur Théotime.*

Je te revois encor ! que veux-tu davantage ?
Le ciel frappera-t-il sans ébranler ton cœur ?
Cruel, n'est-il pas tems que ce ciel soit vainqueur ?
Criminels dévoués au terrible anathême,
Combattrons-nous toujours contre ce Dieu suprême ?
Attendrons-nous l'instant où rassemblant ses coups,
Son tonnerre, qui gronde, ait éclatté sur nous,

Qu'il nous ait engloutis, pour venger ſes injures,
Dans une éternité de feux, & de tortures?
Du ſort qu'il nous prépare, il vient de m'avertir:
Sinval, cède à ma voix, au cri du repentir,
A la religion, à Conſtance, à toi-même;
Pour la derniere fois je te dis que je t'aime,
Que je dois, que je veux dompter ces mouvements..
Que je veux étouffer les moindres ſentiments.
Si l'amour.. qu'ai-je dit? ſi la pitié t'inſpire,
Si mes larmes encore ont ſur toi quelque empire;

Théotime s'attendrit par degrés.

Laiſſe-moi retourner aux pieds de nos autels,
Y porter mes remords, mes tourments éternels;
Laiſſe-moi m'immoler à ce Dieu que j'offenſe..
Je vois couler tes pleurs: ils prennent ma défenſe;
Te parlent pour ce Dieu, qui te r'ouvre les bras,
Qui rentre dans ton ſein.. ne le repouſſe pas,
Sinval, cours à ſes pieds dépoſer nos allarmes;
Sinval.. le repentir pour Dieu même a des charmes;
Nos maux l'attendriront; il ſe déſarmera;
Un pas vers lui de plus, il nous pardonnera.

THÉOTIME *en pleurant amerement; & après une longue pauſe.*

Il l'emporte, ce Dieu; ſa grace eſt dans ta bouche;
Je cède à ſon pouvoir: c'eſt par toi qu'il me touche;

Tu me rends aux autels, à mes devoirs, à moi,
A dix ans de vertus que je perdois ſans toi;
Mon cœur envain s'éleve & t'oppoſe un obſtacle :
Tes larmes.. ſur ce cœur vont produire un miracle.
Eh bien ! ce mot affreux, le puis-je prononcer?
Je vais.. à mon amour.. Conſtance... renoncer,
Oui.. te quitter.. te fuir.. fuir.. tout ce que j'adore,
Finir loin de ta vue un deſtin que j'abhorre,
T'arracher, te bannir de mes ſens éperdus..
O ciel ! en eſt-ce aſſez ?. que te faut-il de plus ?

EUPHÉMIE.

Euphémie, ô mon Dieu, retrouve Théotime?

THÉOTIME.

Ah ! jamais la vertu ne fut plus près du crime.
Mon cœur l'éprouve trop; c'eſt peu que de mourir :
Connais, ſens tous les maux que l'homme peut ſouffrir;
Vois l'abîme effroyable où je me précipite :
Je m'éloigne.. je pars.. Conſtance, je te quitte..
Je pars.. je t'obéis bien plus encor qu'à Dieu;
Conſtance.. tu reçois mon éternel adieu,
Mon ame, de regrets, de douleurs conſumée,
Pour toujours !. quand jamais tu ne fus plus aimée.

Il ſe fait violence & ſort précipitamment.

EUPHÉMIE *le ſuivant des yeux juſqu'à ce qu'elle ne l'apperçoive plus.*

Je n'ai plus qu'à mourir.

Elle tombe les bras étendus ſur une des pierres ſépulchrales.

SCÈNE IV, & derniere.

EUPHÉMIE, LA COMTESSE D'ORCÉ, MÉLANIE, CÉCILE.

MÉLANIE *embrassant Euphémie avec transport.*

Tu triomphes enfin !
Les transports de la grace ont passé dans ton sein !
O mon Dieu, ma priere est enfin éxaucée;
Au rang de tes élus Euphémie est placée.

A Euphémie.

Nous accourions vers toi pour calmer ta douleur:
Dieu lui-même est venu, de son bras protecteur,
T'applanir le chemin qui mène à la victoire ;
Goûte bien ton bonheur, & jouis de ta gloire.
Ce choc, où se détruit l'humaine passion,
Affermit le pouvoir de la religion.

CÉCILE.

A ce sublime effort, je demeure interdite !

A Mélanie.

J'observois tous ses pas ; je révélois sa fuite:
Contrainte à l'admirer, je vois que la vertu
Plaît davantage au ciel, quand elle a combattu.

MÉLANIE *occupée à secourir Euphémie.*

D'où vient que dans mes bras tremblante.. inanimée..
Sur son front pâlissant la mort même imprimée !

A la Comtesse avec vivacité.

Secourons votre fille.. empressons-nous.. ô cieux !
Qu'il en coûte à nos cœurs pour être vertueux !

A Euphémie avec tendresse.

Ma sœur . .

LA COMTESSE D'ORCÉ.

Voilà le fruit des rigueurs d'une mere !
O vous, qui trahissez ce sacré caractère,
Que n'êtes-vous témoins du châtiment cruel
Qui punit les erreurs de l'amour maternel !

La Comtesse, Mélanie & Cécile se réunissent pour arracher à cette situation Euphémie mourante.

La toile se baisse.

FIN.

CATALOGUE.

Des Ouvrages de M. D'ARNAUD, in-octavo, *grand papier, enrichis d'Estampes des meilleurs Artistes, qui se vendent à Paris, chez les mêmes Libraires.*

PROSE.

FANNI, Histoire Anglaise, Troisième Édition, 2 liv. 8 s.
LUCIE & MÉLANIE, Anecdote historique, 1 liv. 16 s.
CLARY, Histoire Anglaise, 1 liv. 16 s.
JULIE, Anecdote historique, 1 liv. 16 s.
NANCY, Histoire Anglaise, 1 liv. 16 s.
BATILDE, Anecdote historique, 2 liv. 8 s.

Six autres Ouvrages de ce genre paraîtront successivement dans le courant de 1768; ils sont entre les mains des Graveurs.

POÉSIE.

LE COMTE DE COMMINGE *ou* LES AMANTS MALHEUREUX, DRAME en trois Actes & en Vers, avec deux DISCOURS sur le Théâtre, & les MÉMOIRES DU COMTE DE COMMINGE, *Troisième édition*, augmentée d'un nouveau DISCOURS sur l'Art Dramatique, & d'un PRÉCIS beaucoup plus détaillé que dans les éditions précédentes DE L'HISTOIRE DE LA TRAPPE, 4 liv. 4 s.

EUPHÉMIE *ou* LE TRIOMPHE DE LA RELIGION, DRAME en trois Actes & en Vers, avec une PRÉFACE, des LETTRES à l'occasion de la PIÉCE, & les MÉMOIRES D'EUPHÉMIE, 4 liv. 4 s.

Les PIÉCES DE THÉATRE qui doivent suivre celles-ci, ne tarderont point à être publiées : on travaille aux Gravures

On trouve encore chez les mêmes Libraires des Exemplaires de SIDNEY & SILLI, suivi d'un RECUEIL D'ODES ANACRÉONTIQUES, 1 liv. 10 s.

www.ingramcontent.com/pod-product-compliance
Ingram Content Group UK Ltd.
Pitfield, Milton Keynes, MK11 3LW, UK
UKHW021111200726
13857UKWH00003B/1190

9 782011 94577